I0613986

L. GANDILLOT

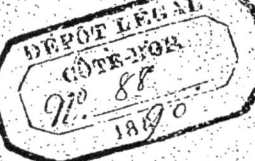

La Course

AUX

Jupons

COMÉDIE EN TROIS ACTES

PARIS

PAUL OLLENDORFF, ÉDITEUR

28 *bis*, RUE DE RICHELIEU, 28 *bis*

1890

LA
COURSE AUX JUPONS

COMÉDIE

Représentée pour la première fois, le 20 février 1890, à Paris,
sur le théâtre-DÉJAZET.

Direction : Henri Boscher.

DU MÊME AUTEUR

Imprimerie générale de Châtillon-sur-Seine. — M. PEPIN.

LA
COURSE AUX JUPONS

COMÉDIE EN TROIS ACTES

PAR

L. GANDILLOT

PARIS

PAUL OLLENDORFF, ÉDITEUR

28 *bis*, RUE DE RICHELIEU, 28 *bis*

1890

A MON AMI

HENRI BOSCHER

DIRECTEUR DU THÉÂTRE-DÉJAZET

Bien affectueusement

LÉON GANDILLOT.

PERSONNAGES

LUCIEN DURAND.................... MM. Matrat.

GEORGES CARTELIN.............. Regnard.

FRONDEVAL...................... Narball.

DUGONET...................... .... Gaussins.

PACHARÈS................ Loberty.

BENUTO .... Garandet

UN MONSIEUR.......... Chalande.

LÉONTINE FRONDEVAL. 28 ans . Mmes Eva Marten's

MADAME BOLIVON, 50 ans . . . . Régnier.

MADAME CHAMPAGNOL, 50 ans . Fanny Génat.

LOUISETTE, 20 ans .... Laborie.

SUZANNE BOLIVON, 19 ans. . . . Narlay.

MADAME LÉCLAIR........ Lefrançais.

JULIE................ Lorio.

Les deux premiers actes à Paris — Le troisième
sur une plage normande.

————

Pour la mise en scène détaillée, s'adresser à M. Fouet,
régisseur général du Théâtre-Déjazet.

LA
COURSE AUX JUPONS

ACTE PREMIER

L'Atelier de Lucien

Porte d'entrée au fond. Porte à gauche donnant sur l'office. Porte à droite donnant sur l'appartement. Cheminée à droite, en pan coupé. Canapé près de la cheminée. A gauche, grande toile blanche sur chevalet. Près de la toile, une table sur laquelle sont une palette et des pinceaux. Au milieu, premier plan, une table un peu plus grande. Un guéridon près du canapé.
Au lever du rideau, madame Léclair est en train de disposer le couvert sur la table. Lucien entre du fond, chapeau sur la tête, canne à la main.

———

SCÈNE PREMIÈRE

MADAME LÉCLAIR, LUCIEN.

LUCIEN, entrant du fond.

Eh bien ! voyons, madame Léclair, ça n'est pas

1

encore prêt ! Je vous avais bien recommandé cependant pour onze heures précises.

Il sort par la droite, se débarrasse de son chapeau et de sa canne et rentre, en enfilant un veston d'atelier.

MADAME LÉCLAIR.

Il n'y a pas de temps de perdu, monsieur, il n'y a pas de temps de perdu... Monsieur attend la petite dame de monsieur, sans doute, puisque monsieur a dit deux couverts.

LUCIEN.

Oui. Elle n'est pas encore arrivée ?

MADAME LÉCLAIR.

Non, monsieur, elle n'est pas encore arrivée. Si elle était déjà arrivée, c'est la première chose que j'aurais dite à monsieur. Je sais ce que c'est que les jeunes gens.

LUCIEN, à part.

Toujours en retard cette mâtine de Louisette. Je prends le parti de déjeuner à mon atelier, pour avoir une bonne journée de travail... il faut que Louisette s'invite. Et encore, elle n'arrive pas à l'heure... de façon à me faire perdre tout mon temps. (Haut.) Allons, madame Léclair, allons, dépêchons.

MADAME LÉCLAIR.

Monsieur s'impatiente. Monsieur est pressé après sa petite dame. Ça se voit. Elle va venir, monsieur. Elle va venir.

LUCIEN.

Eh ! il s'agit bien de ce que vous croyez.

MADAME LÉCLAIR.

Je sais ce que c'est que les jeunes gens.

Bruit de sonnette.

LUCIEN.

Ah ! la voilà.

Il va ouvrir, Louisette entre, suivie de madame Champagnol.

SCÈNE II

LES MÊMES, LOUISETTE, MADAME
CHAMPAGNOL.

LOUISETTE, embrassant Lucien.

Bonjour, chéri.

LUCIEN.

Bonjour. C'est à cette heure que tu arrives ?

LOUISETTE.

Ah ! ne me gronde pas, je me suis assez dépêchée.
(Montrant madame Champagnol.) Je t'amène ma tante.

LUCIEN.

Ta tante !

MADAME CHAMPAGNOL, saluant.

Monsieur !

LUCIEN.

Madame !

LOUISETTE.

Elle arrivait des Batignolles, ce matin, pour me demander à déjeuner, la pauvre femme. Tu comprends
que je n'ai pas voulu la laisser s'en aller comme ça.
(A madame Léclair.) Vous mettrez un troisième couvert,
n'est-ce pas ?

MADAME LÉCLAIR.

Bien, madame.

LUCIEN, à Louisette.

Quelle drôle d'idée de m'amener ta tante !

LOUISETTE.

Elle n'est pas gênante. Et, puisque nous filons tout de suite après déjeuner pour te laisser travailler...

LUCIEN.

Allons, viens vite enlever ton chapeau que nous nous mettions à table.

Tous deux sortent par la droite.

MADAME CHAMPAGNOL.

Vous êtes sans doute la concierge de la maison, madame ?

MADAME LÉCLAIR.

Oui, madame.

MADAME CHAMPAGNOL.

Je vous fais mes compliments pour votre escalier, il est très bien tenu.

MADAME LÉCLAIR.

Madame est bienne bonne.

MADAME CHAMPAGNOL.

Ça donne tout de suite du cachet à une maison, un escalier bien tenu. Ainsi, j'ose le dire, mon escalier à moi est un des mieux tenus de mon quartier. Et ma maison est bien connue pour ça aux Batignolles.

MADAME LÉCLAIR.

Madame est propriétaire ?

MADAME CHAMPAGNOL.

Non. Je suis concierge.

MADAME LÉCLAIR.

Ah ! Débarrassez-vous donc.

Elle l'aide à enlever son chapeau.

MADAME CHAMPAGNOL.

Si vous voulez que je vous donne un coup de main pour le service...

MADAME LÉCLAIR.

Ce n'est pas de refus. Tenez, venez donc par ici.

On entend la voix de Louisette à la cantonade.

LOUISETTE.

Veux-tu bien te tenir !

MADAME LÉCLAIR, sortant avec madame Champagnol, par la gauche.

On sait ce que c'est que les jeunes gens.

Louisette et Lucien rentrent.

LUCIEN, s'asseyant.

Allons, à table ! vite. Tiens ! où est ta tante ?

LOUISETTE, s'asseyant à côté de Lucien.

Ma tante. (Elle crie.) Ma tante, nom d'un chien, veux-tu venir ?

MADAME CHAMPAGNOL.

Voilà, ma fille.

Elle entre, elle a un tablier et porte des assiettes.

MADAME LÉCLAIR, entre, avec un plat qu'elle dépose sur la table.

Attention au plat ! c'est chaud !

LOUISETTE, à sa tante.

Assieds-toi donc !

MADAME CHAMPAGNOL.

Mais non. Je mangerai aussi bien un morceau debout.

LOUISETTE.

Veux-tu t'asseoir et nous laisser tranquilles.

MADAME CHAMPAGNOL, s'asseyant.

Excusez, monsieur.

LOUISETTE.

C'est un type, hein ! ma tante.

LUCIEN.

Oui. Tiens, veux-tu de l'omelette ? (Servant madame Champagnol.) Madame...

MADAME CHAMPAGNOL.

Après vous.

LOUISETTE.

Tu nous ennuies. Laisse-toi donc servir.

LUCIEN, à Louisette.

Veux-tu du vin blanc ?

LOUISETTE.

Oui.

LUCIEN, à madame Champagnol.

Et vous, madame, blanc ou rouge ?

MADAME CHAMPAGNOL.

Oh ! comme vous voudrez.

LOUISETTE.

Dis ton goût, au lieu de faire des manières.

MADAME CHAMPAGNOL.

Des deux alors.

LUCIEN.

Nous avons des côtelettes avec ça. Et c'est tout. Je ne t'ai pas invitée à un festin.

LOUISETTE.

Eh bien ! si on leur disait deux mots à ces côtelettes.

LUCIEN, appelant.

Madame Léclair, les côtelettes!

MADAME CHAMPAGNOL, se levant.

J'y vais.

LUCIEN.

Restez donc.

LOUISETTE.

Veux-tu rester assise. Tu es assommante à la fin.

MADAME LÉCLAIR, apportant un plat.

Voilà les côtelettes. Attention au plat, c'est chaud.

LUCIEN.

Et les pommes de terre frites ?

MADAME LÉCLAIR.

Je les apporte.

Elle sort.

MADAME CHAMPAGNOL.

Si c'était un effet de votre complaisance, monsieur, un peu d'eau rougie.

MADAME LÉCLAIR, rentrant.

Voilà les pommes de terre frites. Attention au plat c'est chaud.

Elle sort.

LOUISETTE.

C'est chic, hein ! ici, ma tante ?

MADAME CHAMPAGNOL.

C'est très joli, très joli tout à fait. On dirait d'un musée. C'est ton oncle que ça amuserait de voir ça.

LUCIEN.

Ton oncle !

MADAME CHAMPAGNOL.

Mon mari, monsieur. Il s'y connaît beaucoup.

LUCIEN.

Il se connaît en peinture ?

MADAME CHAMPAGNOL.

Pas en peinture spécialement ; mais en tout ça. Parce qu'il a été aux Indes et en Amérique comme cuisinier dans un bateau. Alors toutes ces machines-là, ça le connaît, vous comprenez. Ça l'amuserait de voir ça, vraiment ça l'amuserait.

LOUISETTE.

Eh! bien, il faudra l'amener un jour.

LUCIEN.

Comment! Tu veux amener ton oncle ici maintenant?

LOUISETTE.

T'es bête, c'est pour rire. Si tu crois que j'oserais sortir avec un homme comme ça.

LUCIEN.

Allons! le fromage, le dessert, madame Léclair.

MADAME LÉCLAIR, rentrant, avec le dessert.

Voilà! voilà!

LUCIEN.

Veux-tu du fromage?

LOUISETTE.

Non je prendrai un fruit seulement.

MADAME CHAMPAGNOL.

Si c'était un effet de votre complaisance de me passer le Brie, monsieur.

LUCIEN.

Tenez!

LOUISETTE.

Elle est mauvaise cette poire.

MADAME CHAMPAGNOL.

Pour du bon Brie, voilà du bon Brie; combien le payez-vous?

LUCIEN.

Je n'en sais rien.

MADAME CHAMPAGNOL.

Alors! vous permettez.

Elle reprend du fromage.

LOUISETTE.

Il y a du café au moins ?

LUCIEN, se levant.

Oui, nous allons le prendre. Mais je vais faire desservir avant. (Appelant madame Léclair.) Desservez ; et puis vous apporterez le café.

MADAME LÉCLAIR, lui indiquant le service.

Madame Champagnol, s'il vous plaît.

MADAME CHAMPAGNOL.

Voilà, madame Léclair.

MADAME LÉCLAIR, lui indiquant le service.

Mettez tout ça sur la table de l'office. Ne cassez rien.

MADAME CHAMPAGNOL, l'aidant.

Soyez tranquille. Ça me connaît.

MADAME LÉCLAIR, montrant les jeunes gens à madame Champagnol.

Laissons-les donc ensemble.

MADAME CHAMPAGNOL.

Je ne demande pas mieux.

Elles sortent, après avoir desservi et remonté la table.

LOUISETTE, s'asseyant sur le canapé, et allumant une cigarette.

Dis, donc, montre-moi donc ton grand tableau dont tu parles toujours.

LUCIEN, montrant la toile blanche.

Le voici.

LOUISETTE, riant.

Tout ça de fait.

LUCIEN.

Je vais m'y mettre aujourd'hui. Je n'avais pas encore le sujet.

1.

MADAME LÉCLAIR, entrant, en frappant.

On peut entrer?

LUCIEN.

Mais certainement.

MADAME LÉCLAIR.

Voici le café (Elle dépose le plateau sur un guéridon près du canapé. Madame Champagnol qui apporte le sucre, le pose sur le plateau.) Madame Champagnol, nous allons prendre notre gloria ensemble, pas vrai?

MADAME CHAMPAGNOL.

Avec plaisir, madame Léclair.

Elles sortent, Lucien sert le café.

SCÈNE III

LUCIEN, LOUISETTE.

LOUISETTE.

Qu'est-ce qu'il va représenter ton grand tableau?

LUCIEN.

J'hésite encore entre une vue du Marché aux fleurs et un intérieur de pharmacie avec un homme écrasé qu'on apporte.

LOUISETTE.

Tiens! ça peut être drôle, ça, l'homme écrasé.

LUCIEN.

Le Marché aux fleurs est bien tentant.

LOUISETTE.

Sais-tu ce que tu devrais faire tout simplement?.. Mon portrait!

LUCIEN.

Ton portrait ! Tu n'y penses pas. Pourtant si, en mettant la toile dans l'autre sens. (Il renverse la toile.) Oui, c'est ça, je vais te faire en Diane chasseresse... étendue toute nue, sur une peau d'ours... avec une cigarette à la main.

LOUISETTE.

Toute nue, jamais de la vie. Pour qui me prends-tu?

LUCIEN.

La pharmacie serait plus amusante à faire d'ailleurs. (Il simule des indications sur la toile.) Là les bocaux. Ici la porte. Le bonhomme là. Il faut que je me mette à l'ouvrage.

LOUISETTE.

Sais-tu ce que tu devrais faire au lieu de ta pharmacie; un chasseur qui passe sur un petit pont avec une paysanne qui passe aussi et le chasseur embrasse la paysanne. Voilà un joli sujet.

LUCIEN.

C'est ridicule.

LOUISETTE, piquée.

C'est ridicule. Ça vaut bien un homme écrasé. Avec ça que c'est joli à voir un homme écrasé!

LUCIEN.

Je te dis que je veux mettre un homme écrasé là. Est-ce compris?

LOUISETTE.

Oh! ce n'est pas la peine de te fâcher.

LUCIEN.

Et puis non. Une femme évanouie qu'on délace, ça ferait peut-être mieux. Qu'est-ce que tu dirais d'une femme évanouie qu'on délace?

LOUISETTE.

Où ça?

LUCIEN, indiquant la toile.

Là, parbleu !

LOUISETTE.

Je m'en moque pas mal.

LUCIEN, à part.

Essayez donc de tirer quelque chose de ces créatu-
res-là ! (S'animant.) Une idée, la femme en italienne...
non, en japonaise... les oppositions de couleurs... seulement, pourquoi en japonaise, il faudrait trouver !
(A Louisette.) Pourquoi en japonaise?

LOUISETTE, étonnée.

Hein?

LUCIEN, impatienté.

C'est inutile, tu ne comprendrais pas.
(Il réfléchit. —On entend à la cantonade chanter.)
« En écoutant M. le curé... en écoutant, en écoutant M. le curé. »
— Avec fureur.) Ah çà, qui est-ce qui chante?

LOUISETTE.

C'est ma tante. Elle aura pris un peu trop d'eau-
de-vie dans son café.

LUCIEN.

Dis donc, est-ce qu'elle ne va pas bientôt filer, ta
tante?

LOUISETTE.

Elle te gêne?

LUCIEN.

Mais enfin, je voudrais bien travailler, moi.

LOUISETTE.

Eh bien ! travaille.

Lucien s'approche en ronchonnant de sa toile.

VOIX DE LA TANTE.

C'est qu'elle était sublime et forte,
Cette vieille au cœur de vingt ans.

LUCIEN.

C'est trop fort.

LOUISETTE.

Tu as un drôle de caractère aujourd'hui.

LUCIEN.

Je ne peux pas travailler comme ça. (Bruit de dispute.)
Qu'est-ce qu'il y a encore?

LOUISETTE.

C'est ma tante. Tiens, elle est en colère.

LUCIEN.

Ah! mais elle m'ennuie ta tante.

LOUISETTE.

Elle se dispute avec ta concierge. Allons voir.

Madame Champagnol, le teint très animé entre avec madame
Léclair.

SCÈNE IV

LUCIEN, LOUISETTE, MADAME
CHAMPAGNOL, MADAME LÉCLAIR.

MADAME CHAMPAGNOL.

Vous êtes une pas grand' chose, parfaitement une
pas grand' chose.

MADAME LÉCLAIR.

Dites donc, est-ce que je vous insulte, moi?

LOUISETTE.

Qu'est-ce que tu as donc?

MADAME CHAMPAGNOL.

C'est cette femme...

MADAME LÉCLAIR.

Dites donc, cette femme, elle vous vaut bien, je crois.

LOUISETTE.

Tu es grise, hein!

MADAME CHAMPAGNOL.

Non, ma fille, je ne suis pas grise.

MADAME LÉCLAIR.

Elle est saoûle comme la bourrique à Robespierre.

LOUISETTE, à Lucien.

Elle est grise. Quand elle est grise, elle se dispute comme ça avec tout le monde.

LUCIEN.

Et tu l'amènes se griser chez moi. C'est trop fort!

LOUISETTE.

Je vais la flanquer à la porte. (Elle va chercher le chapeau de sa tante et le lui donne.) Mets ton chapeau.

MADAME LÉCLAIR.

Osez donc répéter devant le monde...

MADAME CHAMPAGNOL.

Si je l'oserai.

Elle s'avance vers madame Léclair.

LOUISETTE, la retenant.

Ma tante!

LUCIEN, à madame Léclair.

Dites donc, madame Léclair, en voilà assez, hein!

Vous allez me faire le plaisir de descendre dans votre loge tout de suite ; je n'ai plus besoin de vous.

Il la pousse à gauche.

MADAME LÉCLAIR, *résistant.*

Je ne me laisserai pas insulter dans ma maison.

LUCIEN.

Allez, allez !

Il la pousse tout à fait, elle sort.

LOUISETTE.

Allons, ma tante, va-t'en, nous t'avons assez vue.

MADAME CHAMPAGNOL.

Ma fille, c'est cette femme...

LUCIEN.

Adieu, madame, adieu.

Il la pousse au fond.

MADAME CHAMPAGNOL.

Monsieur, ne me bousculez pas.

LOUISETTE.

Ne la bouscule pas. Elle s'en va.

LUCIEN.

Qu'elle se dépêche, sapristi, qu'elle se dépêche !

MADAME CHAMPAGNOL, *en larmes.*

Adieu, ma fille.

LOUISETTE.

Adieu, ma tante.

Madame Champagnol sort.

SCÈNE V

LUCIEN, LOUISETTE.

LUCIEN.

Ah! je m'en souviendrai de ta tante.

LOUISETTE.

C'est bon! Elle est partie maintenant.

LUCIEN.

Quand on a des parents comme ça, on ne les sort pas.

LOUISETTE.

Ce n'est pas la peine de la débiner tant que ça cette pauvre femme. Tu as peut-être dans ta famille des personnes qui ne la valent pas.

LUCIEN.

Non, c'est trop fort. Je viens déjeuner à mon atelier exprès pour être tranquille, pour avoir une bonne journée de travail...

LOUISETTE.

Mais travaille donc au lieu de crier comme ça. Qui est-ce qui t'empêche de travailler, est-ce moi?

LUCIEN.

Non.

LOUISETTE.

Tu dis non, et tu trouves que je te gêne. Eh bien! je m'en vais.

LUCIEN.

Tu peux rester si tu veux. Seulement ne me parle pas, ça me trouble.

LOUISETTE.

Non, j'aime mieux m'en aller. Je vais mettre mon chapeau.

Elle sort par la droite.

LUCIEN, un instant seul.

A ton aise. J'aime autant qu'elle s'en aille. Elle est si sotte. Elle m'agace. Ce qu'elle m'agace!

LOUISETTE, rentrant, en mettant son chapeau.

Je vais au Bon Marché. Donne-moi dix louis.

LUCIEN.

Comment encore...

LOUISETTE.

Quoi, encore?

LUCIEN.

Je t'ai déjà donné avant-hier.

LOUISETTE.

Tu m'as donné quelque chose avant-hier?

LUCIEN.

Cinq cents francs.

LOUISETTE.

Je ne m'en rappelle pas.

LUCIEN.

D'abord on ne dit pas : Je ne m'en rappelle pas; je te l'ai déjà répété vingt fois. On dit : Je ne m'en souviens pas, ou bien je ne me le rappelle pas.

LOUISETTE.

Ah! tu m'ennuies. Je dirai comme ça me plaît.

LUCIEN, à part,

Est-elle commune, mon Dieu, est-elle assez commune!

LOUISETTE.

Eh bien! mes dix louis?

LUCIEN.

Jamais de la vie.

LOUISETTE.

Tu vas me prêter dix louis tout de suite.

LUCIEN, riant.

Oh! prêter... Et puis, tu n'en as pas besoin...

LOUISETTE.

J'en ai besoin. Si tu ne me les donnes pas, je me
fâche avec toi.

LUCIEN.

Fâche-toi.

LOUISETTE.

C'est sérieux?

LUCIEN.

C'est très sérieux.

LOUISETTE.

Encore une fois, veux-tu me prê...

LUCIEN.

Non.

LOUISETTE.

Tout est fini entre nous.

LUCIEN.

Soit.

LOUISETTE.

Rends-moi la clef que tu as de mon appartement.

LUCIEN, tirant une clef de sa poche, et la remettant à Louisette.

Voilà.

LOUISETTE, se dirigeant vers la porte du fond.

C'est toi qui l'auras voulu. Et maintenant adieu ;
quand tu me reverras, il fera chaud.

Elle sort.

LUCIEN, seul.

Bonsoir... Enfin je vais pouvoir travailler.

LOUISETTE, rentrant.

Alors, tu te figures que je vais me laisser planter
là par toi comme ça.

LUCIEN.

Je ne te plante pas là, c'est toi qui t'en vas, au
contraire.

LOUISETTE.

Après tous les sacrifices que j'ai faits pour toi.

LUCIEN.

Tu as fait des sacrifices pour moi ?

LOUISETTE.

J'ai lâché le théâtre d'abord, pour toi.

LUCIEN.

Ah ! laisse-moi rire un peu.

LOUISETTE.

J'ai lâché un monsieur qui devait me donner six
mille par mois.

LUCIEN.

Oui, c'est vrai, il devait toujours te les donner, et
t'offrir un hôtel... mais en attendant, il t'avait ré-
duite à vendre ton mobilier. Et, qui l'a remplacé ce
mobilier ?

LOUISETTE.

Tu vas peut-être me le reprocher ?

LUCIEN.

Je ne te le reproche pas du tout. Mais enfin je crois
que nous sommes bien quittes.

LOUISETTE.

Un homme chic n'est jamais quitte avec une
femme, mon cher.

LUCIEN.

A condition que la femme ne soit pas de celles qui
n'ont qu'une idée : demander toujours et toujours de
l'argent aux hommes.

LOUISETTE.

Et toi tu es de ces hommes, qui n'ont qu'une idée :
c'est de ne jamais donner un sou aux femmes.

LUCIEN.

Je crois inutile de te répondre.

LOUISETTE.

Du reste j'aurais bien dû m'y attendre. On m'a-
vait assez prévenue, on me l'avait assez dit : ma
chère, vous avez tort de vous donner un béguin pour
un homme comme ça.

LUCIEN, piqué.

Qu'est-ce que tu veux dire ?

LOUISETTE.

Fais donc l'innocent.

LNCIEN, se montant.

Qui est-ce qui t'a dit quelque chose sur mon
compte ?

LOUISETTE.

Le shah de Perse.

LUCIEN, furieux et se calmant.

Je suis bien bête de me mettre en colère.

LOUISETTE.

Il n'y a que la vérité qui offense.

LUCIEN.

Louisette !

LOUISETTE.

Hein !

LUCIEN.

Est-ce que tu as l'intention de m'insulter vraiment ?

LOUISETTE, ricanant.

Oh ! insulter monsieur ! Il en faudrait dire des choses pour insulter monsieur.

LUCIEN, très froid.

Veux-tu que je te calotte ?

LOUISETTE, éclatant.

Ah ! bonté ! Je voudrais voir ça, un homme qui oserait lever la main sur moi.

LUCIEN.

Si tu tiens à le voir, tu n'as qu'à continuer.

LOUISETTE.

Eh ! bien, bats-moi donc, si tu l'oses.

LUCIEN.

Louisette, je t'en prie. Ne m'agace pas.

LOUISETTE, furieuse.

Mais bats-moi donc !

LUCIEN.

Louisette !

LOUISETTE.

Mais bats-moi donc. Je voudrais voir ça, je te dis, un homme me frapper. Bats-moi. Que faut-il te dire ? Comment faut-il t'appeler ?

LUCIEN, se contenant.

Louisette.

LOUISETTE.

Bats-moi donc. Tu es trop lâche, hein ! Capon ! capon ! capon !

Elle lui agite le poing sous le nez. Lucien exaspéré lui saisit le bras et lui donne une petite tape sur la main.

LUCIEN.

Reste tranquille.

LOUISETTE.

Il m'a battue. Il m'a battue ! attends. (Elle regarde un instant autour d'elle et se précipite vers la cheminée où elle a aperçu les pincettes. Lucien l'a prévenue et s'empare des pincettes.) Donne-moi les pincettes !

LUCIEN.

Jamais de la vie.

LOUISETTE.

Tu ne veux pas me donner les pincettes ?

LUCIEN.

Non.

LOUISETTE, hors d'elle.

Ah !

Elle trépigne sur place, tombe sur le canapé. Attaque de nerfs, évanouissement.

LUCIEN.

Bon ! je m'y attendais... Tiens ! ma femme évanouie pour mon tableau. (Il contemple Louisette.) Est-ce assez commun de pose ! est-ce assez mal planté... les bras... les jambes... voyons.

Il s'approche de Louisette et la remue pour rectifier sa pose.

LOUISETTE, d'une voix faible.

Lucien !

LUCIEN.

Qu'y a-t-il ?

LOUISETTE, émue.

Pardon, mon petit Lucien chéri, embrasse-moi.
Elle tire son mouchoir. Lucien l'embrasse.

LUCIEN, à part.

Allons, les larmes, maintenant.

LOUISETTE.

Ta petite Louisette t'aime bien, tu sais.

LUCIEN.

Mais je t'aime bien aussi.

LOUISETTE.

Tiens ! voilà ta clef !

Elle lui rend la clef.

LUCIEN, posant la clef sur le guéridon.

Merci.

LOUISETTE.

Embrasse-moi encore. Tu ne m'en veux pas ?

LUCIEN.

Non, je ne t'en veux pas.

LOUISETTE.

Parce que si tu m'en voulais, je serais trop malheureuse.

LUCIEN.

Je ne t'en veux pas du tout.

LOUISETTE.

Embrasse-moi, alors ! (Ils s'embrassent.) C'est bon, dis, mon loup ?

LUCIEN, à part.

C'est bon, dis, mon loup. Elle a de ces expressions qui vous brisent les quatre membres.

LOUISETTE, se levant.

C'est la petite Louisette à son petit Lucien qui va être bien gentille et ne plus pleurer.

LUCIEN, à part.

Bon ! la voilà qui parle bébé maintenant. Et moi qui ai horreur de ça. (Haut.) Ma petite Louisette, tu es bien gentille, mais je voudrais bien travailler un peu.

LOUISETTE.

Alors quand finira-t-on de se réconcilier tous les deux ?

LUCIEN.

Ce soir.

LOUISETTE.

Ce soir, c'est ça. Et puis je vais te laisser travailler. Je pars. Bonjour, mon petit Lucien chéri.

LUCIEN.

Bonjour, ma petite Louisette.

LOUISETTE.

Embrasse-moi.

LUCIEN.

Encore.

Ils s'embrassent.

LOUISETTE, très gentiment.

Ah ! dis donc : prête-moi dix louis. Tu seras un amour.

LUCIEN, tirant deux billets de son portefeuille.

Tiens ! les voilà.

LOUISETTE.

Merci, chéri. A ce soir.

LUCIEN.

A ce soir.

Louisette sort, par le fond.

SCÈNE VI

LUCIEN, seul.

Et dire que c'est tous les jours à peu près la même chose ! Ah ! j'en ai assez de ce genre de femme-là, sapristi ! j'en ai assez. Enfin... travaillons. (Il s'approche de sa toile.) Ce n'est pas facile de retrouver son inspiration. Je ne vois plus mon pharmacien, où est-il ? A droite, à gauche de la femme évanouie ? Je n'y suis plus. (Il va prendre le plateau de café sur le guéridon, et le dépose sur un meuble au fond du théâtre.) Aussi, comment exécuter un travail de composition avec des scènes comme celle de tout à l'heure, quand au contraire, il faudrait avoir toute sa tête à soi. — Je vais fumer une cigarette. (Il prend une cigarette et se jette sur le divan.) C'est une bien jolie fille tout de même que cette mâtine de Louisette et certainement, ce soir, la réconciliation !... (Coup de sonnette.) Bon ! qui est-ce qui vient me déranger ?

Il se lève, prend sa palette et ses pinceaux, va ouvrir, Dugonet entre.

SCÈNE VII

LUCIEN, DUGONET.

LUCIEN.

C'est vous, mon cher monsieur Dugonet, enchanté.

DUGONET.

Je ne vous dérange pas ?

LUCIEN.

Non.

2

DUGONET.

Vous étiez en train de travailler.

LUCIEN, déposant sa palette et ses pinceaux.

Je commençais un grand tableau.

DUGONET, indiquant la toile.

Ceci, sans doute.

LUCIEN.

Oui.

DUGONET.

Très joli, très joli. (Il s'approche.) Vous permettez, je suis un peu myope. Ça vient très bien.

LUCIEN.

C'est un intérieur de pharmacie... une femme qu'on apporte chez le pharmacien.

DUGONET.

Ah ! très joli ! très joli ! Continuez donc, je vous prie. (Il s'asseoit.) Vous permettez. (Il prend une cigarette.) Beau temps aujourd'hui, n'est-ce pas ?

LUCIEN.

Très beau, je vous remercie.

DUGONET.

La santé, bonne toujours.

LUCIEN.

Très bonne. Et vous ?

DUGONET.

Très bonne, très bonne... Un peu de rhumatisme dans l'épaule.

LUCIEN.

Ah !

DUGONET.

Pas allé au cercle ces temps-ci ?

LUCIEN.

Très peu, très peu.

DUGONET.

Très bien, très bien. (Détaché.) Dites donc, mon cher, voulez-vous vous marier?

LUCIEN.

Moi... cette question!... Jamais de la vie.

DUGONET.

Bien sûr.

LUCIEN.

Formellement sûr.

DUGONET.

C'est bon, n'en parlons plus. (Il se lève.) Bonjour.

LUCIEN.

Bonjour!

DUGONET.

Ah! un mot! Ça ne vous fait rien que je fasse monter ici deux dames qui m'attendent en bas et qui meurent d'envie de voir un atelier d'artiste?

LUCIEN.

Ah! quel genre de femmes... des petites dames?

DUGONET.

Mais pas du tout, des femmes du monde : une jeune fille charmante et sa mère. La mère désire beaucoup marier sa fille et j'ai pris sur moi de vous les amener.

LUCIEN.

Mais, mon cher monsieur, je ne comprends pas que...

DUGONET.

Vous ne comprenez pas... Aimez-vous le rizotto à la milanaise?

LUCIEN.

Oui.

DUGONET.

Alors, vous allez comprendre. (Il s'asseoit.) Figurez-vous que cet hiver étant en visite chez une de mes cousines, j'ai rencontré cette madame Bolivon. La conversation est venue à tomber sur la cuisine parisienne, je parle du rizotto à la milanaise que j'aime beaucoup et qu'on ne fait convenablement dans aucun restaurant, comme vous le savez. — Mais, chez moi, on en fait d'excellent, s'écrie madame Bolivon ! Vous devinez le reste, j'accepte une invitation à dîner, puis deux, etc. Je ne savais comment rendre à madame Bolivon toutes ses politesses de l'hiver, je me suis dit : ce qui lui fera le plus de plaisir, c'est de l'aider à marier sa fille ; alors, naturellement j'ai pensé à vous et j'ai organisé une petite entrevue dans votre atelier. (Se levant.) Ne vous étonnez donc pas des allures de ces dames.

LUCIEN.

Mais, ah ! ça, monsieur Dugonet, c'est extraordinaire que sans me consulter...

DUGONET.

Qu'est-ce que ça vous fait ? Une visite de cinq minutes... Vous ne voulez pas vous marier, c'est entendu... Je dis à la dame que la jeune fille ne vous plaît pas... et ma politesse est faite...

LUCIEN.

Je ne veux pas recevoir ces dames.

DUGONET.

Vous ferez ça pour moi.

LUCIEN.

Je ne les recevrai pas.

DUGONET.

Voyons, voulez-vous jouer ça à l'écarté en cinq points... Si je gagne...

LUCIEN.

Non...

DUGONET.

Au bésigue alors. Mais ce sera plus long.

LUCIEN.

Vous tenez absolument à faire monter ces dames ici ?

DUGONET.

Puisque c'est le seul moyen convenable que j'aie trouvé de m'acquitter envers elles. Vous comprenez que j'aime bien mieux ça qu'une boîte de bonbons ou un bijou... Je descends chercher ces dames, n'est-ce pas ? Un instant et c'est fini.

Il sort rapidement.

SCÈNE VIII

LUCIEN, seul.

On n'a pas idée d'un pareil sans-gêne, s'il se figure que je vais recevoir ces dames : justement l'inspiration me revenait. Je vois derrière la vitre de la pharmacie une tête de moutard, le nez aplati. Je compte beaucoup sur cet effet de nez aplati. (Bruit.) Les voilà, filons.

Il sort par la droite. Madame Bolivon, Suzanne et Dugonet entrent du fond.

2.

SCÈNE IX

DUGONET, MADAME BOLIVON, SUZANNE.

DUGONET.

Par ici, mesdames, s'il vous plaît.

MADAME BOLIVON.

Ah ! je n'en puis plus.

DUGONET.

Reposez-vous un peu. (Il la fait asseoir.) Et vous, mademoiselle, si vous voulez vous asseoir...

SUZANNE.

Oh ! moi, je ne suis pas fatiguée.

Elle inspecte la pièce.

MADAME BOLIVON.

Si vous saviez le métier que cette petite me fait faire. C'est tuant. Quand je pense que nous en sommes à notre troisième jeune homme de la journée!

DUGONET.

Comment, à votre troisième jeune homme.

MADAME BOLIVON.

Ce matin à huit heures et demie, monsieur, huit heures et demie nous étions au bois pour voir passer un officier de dragons que l'on nous avait signalé comme jeune homme à marier. A onze heures nous étions au Palais de Justice pour entendre plaider un avocat qu'on nous avait signalé également. Et encore Suzanne veut que nous allions ce soir à dix heures et demie à la sortie de la petite Bourse, on doit nous montrer un monsieur qui est dans les affaires. Quelle existence, monsieur, quelle existence !

SUZANNE.

Enfin, maman, veux-tu, oui ou non, que je me marie ?

MADAME BOLIVON.

Certainement, je veux que tu te maries ; mais on t'a déjà présenté soixante-trois jeunes gens. Tu n'as pas voulu en épouser un seul.

SUZANNE.

Dame ! je veux un mari qui m'aille, moi. Epouser un mari qui ne m'irait pas, ah ! non ! j'aimerais mieux me faire actrice !

MADAME BOLIVON.

Voilà comment les enfants sont élevés aujourd'hui.

DUGONET.

Vous êtes peut-être trop difficile, mademoiselle ; il me semble que sur soixante-trois jeunes gens...

SUZANNE.

Mais non, je ne suis pas si difficile que ça.

MADAME BOLIVON.

Ah ! monsieur, si on peut dire ! Elle est tout ce qu'il y a de plus difficile, au contraire. Ainsi pour la nourriture : mademoiselle n'aime pas le potage ; mademoiselle n'aime pas le poisson de rivière ; mademoiselle n'aime pas les viandes rôties.

DUGONET.

Oh ! les viandes rôties vraiment ?

MADAME BOLIVON.

Eh bien, pour les jeunes gens qu'on lui présente c'est la même chose. Elle ne veut pas de celui-ci parce qu'il ne s'habille pas à son goût ; un autre lui déplaît à cause de sa barbe ; un autre sous prétexte qu'il a le nez en trompette ; un autre parce qu'il porte un lorgnon. Heureusement nous avons de la fortune.

Mais ça ne fait rien, monsieur, c'est bien pénible pour une mère, ces choses-là.

SUZANNE.

Mais, maman, je t'assure que je ne demande pas mieux que de rencontrer un jeune homme qui me plaise.

MADAME BOLIVON.

Mais, malheureuse enfant, comment veux-tu rencontrer un jeune homme qui te plaise avec ta façon de les éplucher tous, de chercher toujours la petite bête? Décide-toi donc une bonne fois sans faire attention aux petites imperfections de la personne. Tenez, moi, monsieur quand j'ai épousé feu mon mari, je savais à peine la couleur de ses cheveux, et ce n'est que le lendemain de mes noces, que je me suis aperçue qu'il portait un œil de verre.

SUZANNE.

Eh ! bien, moi, si je m'apercevais le lendemain de mes noces que mon mari porte un œil de verre, je divorcerais immédiatement.

MADAME BOLIVON.

Suzanne, c'est très mal ce que tu dis là. J'ai toujours été parfaitement heureuse avec ton bon et vénéré père. Et c'était un digne homme que je regretterai toujours.

Elle porte son mouchoir à ses yeux.

SUZANNE, allant l'embrasser.

Maman, je te demande pardon. Je n'ai pas voulu te faire de la peine.

MADAME BOLIVON, pleurant.

Mon Dieu ! mon Dieu !

DUGONET, lui prenant la main.

Chère madame !

MADAME BOLIVON, se levant.

Eh bien, et votre jeune homme avec tout ça. Où

est-il? Je voudrais bien le voir. Nous n'avons pas le temps de nous amuser.

SUZANNE.

Dis donc, maman, s'il allait me plaire!

DUGONET.

C'est très probable, il est fort bien.

MADAME BOLIVON.

Mets-y un peu de bonne volonté.

SUZANNE.

J'en mettrai. Seulement c'est bien convenu. Tu ne l'invites à dîner que si je te fais signe.

MADAME BOLIVON.

Oui. (A Dugonet.) La situation de fortune est bonne ?

DUGONET.

Je crois bien. Un jeune homme qui fait de la peinture pour s'amuser.

MADAME BOLIVON, à Suzanne.

Laisse-moi toujours l'inviter à dîner.

SUZANNE.

Non, maman. Attends que je te fasse signe.

DUGONET.

Tenez, le voici !

Lucien entre, de droite.

SCÈNE X

Les Mêmes, LUCIEN.

LUCIEN, à part.

Les voilà installées.

DUGONET.

Chère madame, permettez-moi de vous présenter mon jeune ami, M. Lucien Durand. Madame Bolivon, mademoiselle Bolivon.

LUCIEN, saluant.

Madame... mademoiselle... (A part.) Elle n'est pas trop mal la petite.

MADAME BOLIVON.

Vous excuserez notre indiscrétion, monsieur, mais on nous avait tellement vanté à ma fille et à moi votre talent d'artiste peintre que nous avons supplié M. Dugonet de bien vouloir nous conduire dans votre atelier pour y admirer vos œuvres.

LUCIEN.

Mon Dieu, madame, je suis très flatté que ma modeste réputation d'amateur soit parvenue jusqu'à vous.

DUGONET.

Justement, il est en train de faire un grand tableau, vous voyez?

Il indique la toile.

MADAME BOLIVON.

Ah! très joli, très joli. Qu'est-ce que ça représente ?

DUGONET.

C'est un pharmacien qu'on conduit chez une femme, je crois.

LUCIEN.

Mais non, c'est une femme évanouie dans une pharmacie. (A part.) Tiens au fait, cette idée de pharmacien chez une femme!... Mais non... ce serait absurde.

SUZANNE.

Mais il n'y a rien sur la toile.

MADAME BOLIVON, avec reproche.

Suzanne..

LUCIEN.

Mademoiselle a raison. Il n'y a rien encore, c'était le sujet qui me manquait. Mais maintenant que j'ai le sujet, le reste n'est plus qu'une affaire de temps.

MADAME BOLIVON, bas, à sa fille.

Eh bien! faut-il l'inviter à dîner?

SUZANNE.

Pas encore.

MADAME BOLIVON, haut.

Quelle jolie installation vous avez, monsieur. Tout est arrangé avec un goût exquis. Des objets d'art partout... ces tentures... ces bibelots... c'est charmant, charmant.

Elle se promène à travers l'atelier.

DUGONET.

Charmant! charmant!

LUCIEN, à part.

Est-ce qu'elles vont rester longtemps ici?

MADAME BOLIVON.

Tout est artistique ici, très artistique. (Voyant la clé sur le guéridon.) Cette clef, sans doute quelque pièce rare.

LUCIEN.

Oui, madame, précisément, c'est une clef de la Bastille.

DUGONET.

Ah! voyons... (Il prend la clef.) Elle est bien neuve.

LUCIEN.

C'est que c'est une clef de la nouvelle Bastille.

DUGONET, reposant la clef.

Ah! c'est juste!

MADAME BOLIVON.

C'est juste! (A Suzanne.) Eh bien! faut-il l'inviter à dîner ?

SUZANNE.

Non.

MADAME BOLIVON, à part.

Toujours la même chose.

SUZANNE, bas.

Allons-nous en.

MADAME BOLIVON.

Tu es bien décidée... Réfléchis encore un peu.

SUZANNE.

Non, non. Ce monsieur ne me plaît pas.

MADAME BOLIVON.

Encore un !

SUZANNE.

Peut-être que c'est celui de la petite Bourse qui doit me plaire.

MADAME BOLIVON.

Dire qu'il va falloir encore aller à la petite Bourse ce soir !

SUZANNE.

Partons, maman.

MADAME BOLIVON, à Lucien.

Monsieur, il nous reste à vous remercier de votre charmante hospitalité. (A Dugonet.) Mon ami.

DUGONET.

Je pars avec vous.

LUCIEN, à part.

Ah ! enfin! (Coup de sonnette.) Encore quelqu'un, c'est assommant !

Il reprend sa palette et ses pinceaux pour aller ouvrir.
Georges entre.

SCÈNE XI

Les Mêmes, GEORGES.

LUCIEN.

Ah! c'est toi.

GEORGES.

Oui, c'est moi. Ça va bien !

Lucien dépose sa palette et ses pinceaux. George salue les dames.

MADAME BOLIVON, à Suzanne.

Tiens ! en voilà encore un jeune homme. Il est très bien.

SUZANNE.

Oui, c'est vrai, il est très bien... Il est très bien tout à fait... Invite-le à dîner.

MADAME BOLIVON.

Hein !

SUZANNE.

Invite-le à dîner.

MADAME BOLIVON.

Le nouveau?

SUZANNE.

Oui.

MADAME BOLIVON.

Ah! enfin! (A Georges.) Monsieur... (A Dugonet.) Présentez-moi donc ce monsieur. Vous le connaissez ?

DUGONET.

Oui, je le connais, mais je ne me rappelle pas son nom.

MADAME BOLIVON.

Faites-le moi présenter par l'autre.

DUGONET, à Lucien.

Mon cher, présentez donc monsieur à ces dames.

LUCIEN, présentant Georges.

Madame, je vous présente mon ami Georges Cartelin, avoué.

GEORGES, saluant.

Mesdames...

MADAME BOLIVON.

Monsieur, je suis enchantée de faire votre connaissance. Voulez-vous me faire le plaisir de venir dîner chez moi un de ces soirs ?

GEORGES, interloqué.

Mais, madame...

MADAME BOLIVON.

Ah! acceptez, monsieur, je vous en prie, acceptez.

DUGONET.

Oui, acceptez.

LUCIEN.

Accepte donc.

GEORGES.)

J'accepte.

MADAME BOLIVON.

C'est entendu. Nous dînons à sept heures et de-

mie. (A Suzanne.) Alors, nous n'irons pas à la petite
Bourse, ce soir.

SUZANNE.

Non, maman.

MADAME BOLIVON.

Ah ! quel bonheur ! (Saluant.) Messieurs !

GEORGES et LUCIEN.

Mesdames...

MADAME BOLIVON, prenant le bras de Dugonet.

Mon ami...

Saluts, etc., Dugonet sort avec les dames.

SCÈNE XII

GEORGES, LUCIEN.

GEORGES.

Qu'est-ce que c'est que ces dames-là ?

LUCIEN.

Je ne les connais pas plus que toi.

GEORGES.

Comment ?

LUCIEN.

C'est ce vieux raseur de Dugonet qui a pris sur
lui de me les amener pour me ménager une entrevue avec la jeune fille.

GEORGES.

Tu veux donc te marier ?

LUCIEN.

Moi, pas le moins du monde. Ah ! sapristi ! me
marier.

GEORGES.

Et la vieille m'invite à dîner.

LUCIEN.

Parce qu'elle t'a sans doute trouvé une tête de jeune homme à marier.

GEORGES.

Moi! me marier! Ah! non, pas encore! Il faut d'abord s'amuser un peu. — Elle est gentille la petite, il m'a semblé...

LUCIEN.

Oui, assez gentille ; mais ce n'est pas tout ça, tu vas me faire le plaisir de prendre un journal, un livre, des images, tout ce que tu voudras, et puis tu me laisseras travailler.

GEORGES.

Comment, tu te mets à travailler maintenant?

LUCIEN.

Certainement.

GEORGES.

Sérieusement ?

LUCIEN.

Mais oui, sérieusement.

GEORGES.

Ah ! elle est bonne celle-là !

LUCIEN.

Je ne vois pas ce que ça a de risible.

GEORGES.

Eh bien ! mon cher, c'est joliment dommage que tu te trouves dans de si bonnes dispositions de travail, parce qu'il est quatre heures moins un quart, et à quatre heures précises il faut que tu files.

LUCIEN.

Pourquoi ça?

GEORGES.

Parce que, j'oubliais de te le dire, je viens te demander ton atelier pour y recevoir une femme du monde, à laquelle j'ai donné rendez-vous, à quatre heures.

LUCIEN.

Ah! bien, ça c'est fort par exemple, tu disposes de ma maison sans me prévenir!

GEORGES.

Je te préviens, il me semble...

LUCIEN.

A cette heure-ci!

GEORGES.

Eh bien. tu n'as pas le temps de mettre ton paletot et tes gants et de t'en aller.

LUCIEN.

Mais sacrebleu, je t'ai dit que j'avais à travailler.

GEORGES.

A travailler, à quoi?

LUCIEN.

A mon tableau, parbleu!

GEORGES.

Où est-il ton tableau?

LUCIEN.

Le voilà.

Il montre la toile.

GEORGES.

Ah! c'est ça. — Eh! bien, il est fini ton tableau, complètement fini. Il n'y a pas un coup de pinceau de plus à donner, ça l'abîmerait. Tu vois que tu n'as plus qu'à t'en aller et à me céder la place.

LUCIEN.

Vraiment, tu es d'un sans gêne...

GEORGES.

Ah! mon cher, je te croyais mon ami.

LUCIEN.

Georges.

Il lui tend la main.

GEORGES.

Sans rancune.

Ils se serrent la main.

LUCIEN.

Mais à l'avenir, écris-moi un petit mot la veille.

GEORGES.

Mais je n'ai pas l'intention d'abuser de ta complaisance et de te prendre ton atelier tous les jours. J'ai un petit appartement, tu sais bien, pour ces choses-là. Seulement ma femme du monde est très sur l'œil. Elle s'est figurée que le concierge l'épiait, pour la trahir, que sais-je ?... Elle ne veut plus remettre les pieds là-bas... En attendant que j'aie trouvé une autre installation, j'ai pensé à toi.

LUCIEN.

Pourquoi ne l'amènes-tu pas chez toi ?

GEORGES.

A mon étude ! Y penses-tu ? Un avoué recevant des femmes dans son domicile officiel.

LUCIEN.

Dis donc, c'est toujours la même, ta femme du monde, celle dont tu fais tant de mystère ?

GEORGES.

Tant de mystère ! Je fais le mystère réglementaire, que comportent les convenances.

LUCIEN.

Pourquoi ne m'as-tu jamais voulu dire qui c'é-
tait... Je la connais?

GEORGES.

De nom, je ne sais pas; de vue certainement. Tu
as dû la rencontrer souvent.

LUCIEN.

Elle est jolie ?

GEORGES.

Oh ! pour ça, très jolie.

LUCIEN.

Jeune?

GEORGES.

De vingt-cinq à trente.

LUCIEN.

C'est l'âge que j'aime... Il y a un mari?

GEORGES.

Certainement, il y a un mari.

LUCIEN.

Bien ?

GEORGES.

Très convenable.

LUCIEN.

Quel heureux coquin tu fais !

GEORGES.

Je ne suis pas plus heureux coquin qu'un autre.

LUCIEN.

Tu as toujours eu une veine pour les femmes, toi.
Je ne sais pas pourquoi, grand Dieu ; mais enfin, tu
l'as cette veine, tu l'as bien !

GEORGES.

Je te conseille de parler. Quand on a une maîtresse comme la tienne !

LUCIEN.

Louisette.

GEORGES.

Oui, Louisette, mâtin, c'est une jolie fille !

LUCIEN.

Ça, c'est vrai, c'est une jolie fille.

GEORGES.

Elle doit être rudement faite, cette femme-là !

LUCIEN.

Elle est très bien faite.

GEORGES.

La mienne aussi est très bien faite... Et des cheveux jusque-là, mon cher. Ça ne fait rien, je préfère Louisette.

LUCIEN.

Elle est plus jolie que ta bonne amie ?

GEORGES.

Oh ! non. Elle n'est pas plus jolie, mais c'est un autre genre, c'est la fantaisie, la gaîté... la cascade, le vice.

LUCIEN.

Tu y tiens tant que ça toi, à ce que tu appelles la fantaisie, la gaîté, le...

GEORGES.

Je te crois.

LUCIEN.

On voit bien que tu ne sais pas ce que c'est.

GEORGES.

Tiens! tu es le plus heureux des hommes. Avoir
le maniement d'une créature comme cette Louisette!

LUCIEN.

Ah! tu me trouves le plus heureux des hommes!...
Eh bien, veux-tu que je te dise. J'en ai plein le dos de
Louisette, j'en ai plein le dos.

GEORGES.

Ah! c'est particulier!

LUCIEN.

C'est très joli la fantaisie, la gaîté, la cascade, le
vice comme tu dis... Mais pour qui va au fond des
choses, ce que tout ça recouvre de vide et de néant,
pour aboutir à l'écœurement!

GEORGES.

Bah! des phrases... Si tu veux faire du sentiment
à propos de femmes!

LUCIEN.

Je ne fais pas de sentiment. Je considère les choses
au point de vue matériel, vois les résultats d'une
liaison comme la mienne : d'abord la fatigue.

GEORGES.

La fatigue! Tu peux te la mesurer toi-même.

LUCIEN.

Eh! je ne parle pas de ce que tu veux dire... Je
parle de la fatigue et du temps perdu à mener la vie
de fête continuelle, à sortir perpétuellement le soir
pour aller au théâtre et traîner dans les bals publics
puis ensuite souper, toujours souper. Tu ne te figures pas que les femmes comme Louisette ont faim
à partir d'une heure du matin. Le souper traîne, on
se grise, un peu, ou même beaucoup, on se couche
tard. Le lendemain on a la figure de bois, et on ne
peut pas se lever. Quand moi, mon rêve serait de me
coucher de bonne heure et me lever de bon matin!

3.

GEORGES.

Mais puisque tu n'as rien à faire.

LUCIEN.

Rien à faire. Eh bien ! et ma peinture ?

GEORGES.

Oh ! ta peinture...

LUCIEN.

Tu ne la prends pas au sérieux ma peinture, tu es comme les autres. Tu te figures que je n'ai aucun talent.

GEORGES.

Je ne dis pas cela.

LUCIEN.

Mais tu le penses. Tu ne trouves pas qu'il y ait une note d'art sincère dans mon Saltimbanque qu'on m'a refusé au Salon, trois ans de suite.

GEORGES.

Oh ! ton Saltimbanque ! ce n'est pas ce que tu as fait de mieux.

LUCIEN.

Qu'est-ce que j'ai fait de mieux, à ton avis ?

GEORGES.

Je ne sais pas trop.

LUCIEN.

Rien, n'est-ce pas ! Dis-le, rien. Je n'ai aucun talent ! Eh bien ! c'est vrai, je n'ai aucun talent.

GEORGES.

Tu exagères !

LUCIEN.

Non, je n'ai aucun talent, ou du moins j'ai l'air de n'avoir aucun talent. Il ne sort pas mon talent. Il ne peut pas sortir, parce que je ne me lève pas d'assez bonne heure, parce que je n'ai pas le temps de travailler avec la vie que me fait mener Louisette.

GEORGES.

C'est ta faute aussi si tu commets des excès. Mais cette vie-là, en elle-même, est délicieuse. Moi je ne sais jamais que faire de mes soirées; et, en revanche, je ne peux obtenir de rendez-vous de ma bonne amie qu'entre quatre à cinq heures, c'est-à-dire au moment où je dois signer mon courrier. Toi qui parles de temps perdu ou mal employé, il me semble que mon courrier vaut bien ta peinture!

LUCIEN.

Quatre à cinq, voilà qui m'irait à moi! Le jour baisse on ne peut plus travailler. Mais tiens, encore une chose et rudement sérieuse: la question d'argent. Avec une femme comme Louisette, mais c'est une dépense folle, la carotte perpétuelle!

GEORGES.

Ah çà! si tu te figures qu'avec les faux frais, on n'arrive pas à dépenser autant avec une femme du monde...

LUCIEN.

Enfin, si on veut prendre la question d'un peu plus haut, ce qui me navre et ce qui m'horripile chez une femme comme Louisette, c'est cette frivolité de caractère, cette grossièreté de langage, et ce manque absolu de sens moral.

GEORGES.

Mais bon Dieu, pourquoi t'occupes-tu de ces vétilles-là?

LUCIEN.

Toi, tu es un bourgeois, ça t'importe peu; mais moi qui suis un artiste, ma nature affinée se révolte au contact d'une nature si inférieure.

GEORGES.

Eh bien! mon cher, avec ces idées-là, je ne comprends pas comment tu ne te maries pas.

LUCIEN, bondissant.

Me marier, maintenant, me marier, quand je te dis que je suis un artiste avant tout, que j'ai besoin de liberté et de poésie. Ensevelir mon imagination dans le mariage, étouffer les vibrations de mon âme, noyer tout caprice et tout rêve dans le pot-au-feu conjugal!

GEORGES.

En sors-tu des clichés, en sors-tu?

LUCIEN.

Enfin, je ne veux pas me marier, sapristi, ça se comprend. Mais il me faut tout de même une femme... Seulement, je ne veux plus de cocottes... J'en ai assez des cocottes. J'ai besoin d'une femme du monde, d'une personne distinguée, une femme enfin avec laquelle on puisse causer quand on a fini de rire, comme dit Boirot.

GEORGES.

Eh bien! moi, quand j'ai fini de rire, je voudrais bien aller à mon étude!

LUCIEN.

La présence d'une femme distinguée est nécessaire à l'artiste. Une femme qui saurait me faire des compliments avec tact et me donner des sujets de tableaux, quel levier! Avec Louisette, ah! je t'en moque! Tiens, pour ma toile, tout à l'heure, je lui demandais : Où mettrais-tu le pharmacien, à droite ou à gauche de la femme évanouie? Elle m'a répondu: Ça m'est bien égal. Voilà comment elle s'intéresse à mon œuvre. Voilà de quel secours elle m'est. Je te le répète, j'ai besoin d'une femme du monde, j'en veux une. Si le Titien est arrivé à être ce qu'il était, c'est parce qu'il avait toutes les femmes de la haute société vénitienne.

GEORGES.

Raphaël lui, s'est bien contenté d'une simple cocotte de son temps.

LUCIEN.

Raphaël n'était pas un coloriste.

GEORGES.

Eh bien! sapristi, si je pouvais changer de maîtresse avec toi?

LUCIEN.

Et moi donc, si je pouvais changer !

GEORGES.

Eh bien, changeons, veux-tu? je te prends au mot.

LUCIEN.

Ah! certes oui, j'accepte de grand cœur.

GEORGES.

Mais c'est impossible.

LUCIEN.

C'est difficile, mais ce n'est pas impossible.

GEORGES.

Tais-toi donc, c'est une folie, comment veux-tu que...

LUCIEN.

Alors tu ne veux pas faire l'échange?

GEORGES.

Je ne le peux pas.

LUCIEN.

C'est toujours comme ça les gens qui se plaignent. Puis quand on leur propose de changer, va te promener !

GEORGES.

Mais animal, à la rigueur, je peux bien accepter ta succession auprès de Louisette, mais toi pour Léontine...

LUCIEN.

Ah! elle s'appelle Léontine. Elle va arriver dans un moment. Laisse-moi la recevoir à ta place.

GEORGES.

Mais ce ne serait pas délicat. Et puis la belle avance pour toi, ce n'est pas une femme à accepter la chose ainsi.

LUCIEN.

Je sais bien qu'elle n'acceptera pas du coup, mais je manœuvrerai avec tant d'habileté...

GEORGES.

Elle va faire une scène à tout casser.

LUCIEN.

C'est mon affaire. Toi, file et que je ne te revoie plus. Voici la clé de Louisette.

Il lui tend la clé restée sur le guéridon.

GEORGES, prenant la clé.

Cette clé me produit un effet !

LUCIEN.

Et je t'avertis que tu trouveras Louisette en excellentes dispositions. Précisément nous devions nous réconcilier ce soir; et c'est toi qui bénéficieras de la réconciliation.

GEORGES.

C'est peut-être un peu canaille pour ma femme du monde. Et puis j'ai une peur atroce que tu ne réussisses pas. Moi pour Louisette, je suis bien sûr de réussir.

LUCIEN.

J'ai confiance. Je suis sûr du succès. J'en ai tant envie.

GEORGES.

Ecoute, je veux être honnête; si ça ne marche pas de ton côté, je te rends la clef de Louisette.

LUCIEN.

Mais non, garde-la, j'en ferai faire une autre, tout simplement. Mais ne t'inquiète pas.

GEORGES.

Enfin, je vais donc posséder le genre de femme que j'aime !

LUCIEN.

Enfin je vais donc avoir une aventure qui convienne à mon tempérament !

ENSEMBLE.

Quel bonheur !

Ils esquissent un pas. Sonnette.

GEORGES.

C'est elle. Je me sauve, par l'escalier de service. Bonne chance !

LUCIEN.

Bien du plaisir. (Georges sort.) Attention et de l'aplomb.

Il va prendre sa palette et ses pinceaux et va ouvrir. Léontine entre, du fond.

SCÈNE XIII

LÉONTINE, LUCIEN.

LUCIEN, à part.

Mazette, la jolie femme! Georges ne m'a pas volé.

LÉONTINE, interdite, sur la porte.

Monsieur, je crois que je me suis trompée d'étage.

LUCIEN.

Mais non, madame, c'est ici... C'est ici sûrement.
Donnez-vous donc la peine de vous asseoir.

LÉONTINE.

Mais non, monsieur, je vous demande pardon.

Elle veut s'en aller.

LUCIEN, la retenant.

M. Georges, n'est-ce pas?

LÉONTINE.

M. Georges, oui.

LUCIEN.

C'est moi qui le remplace.

Il dépose sa palette et ses pinceaux.

LÉONTINE.

Monsieur!

LUCIEN, à part.

Mais je la connais cette femme-là. Je la connais.
(Haut.) Madame Frondeval, n'est-il pas vrai?

LÉONTINE.

Mais, monsieur...

LUCIEN, à part.

C'était madame Frondeval. (Haut.) J'ai eu l'honneur

de vous rencontrer chez les Deburet cet hiver. Vous ne me remettez pas ?...

LÉONTINE, troublée.

Non, monsieur, non.

LUCIEN.

Asseyez-vous donc, madame. (Il lui montre un fauteuil. Léontine s'asseoit, à part.) De l'aplomb, sapristi! de l'aplomb. (Haut.) A quel heureux hasard dois-je l'honneur de votre visite, chère madame ?

LÉONTINE.

Je ne sais comment il se fait, monsieur... Une méprise, une méprise, croyez-le bien; j'allais chez ma modiste.

LUCIEN.

La modiste du troisième?

LÉONTINE.

Oui, c'est cela, la modiste du troisième.

LUCIEN.

Mon Dieu, madame, c'était un chapelier; il a déménagé depuis six mois.

LÉONTINE, voulant se lever.

Ah! tant mieux. Alors, monsieur, vous permettez!

LUCIEN.

Mais non, madame, je vous en prie, restez donc. Reposez-vous un instant, l'escalier est un peu dur. Vous n'avez pas envie de prendre quelque chose, un petit verre de malaga, avec un biscuit? J'ai du malaga excellent. Il me vient du Brésil par un de mes cousins qui est capitaine de transatlantique, vous permettez.

Il fait mine d'aller au fond, vers une armoire.

LÉONTINE, se levant.

Non, monsieur, merci mille fois. Je vous demande pardon de vous avoir dérangé.

LUCIEN.

Restez, madame, je vous en prie, j'ai à vous parler...
une mission à remplir. La personne, l'ami commun
que vous deviez rencontrer ici...

LÉONTINE.

Monsieur...

LUCIEN.

Ecoutez-moi jusqu'au bout, madame. Cette personne ne viendra pas. Cette personne ne viendra
plus... un accident...

LÉONTINE, vivement.

Il est mort?

LUCIEN.

Mort, non, madame.

LÉONTINE.

Blessé, alors!

LUCIEN.

Non pas blessé, pourquoi blessé, il ne s'est jamais
mieux porté.

LÉONTINE.

Ah! le misérable!

Elle s'évanouit, sur le divan.

LUCIEN, à part.

Je m'y attendais. (Il lui prend la main.) Est-elle jolie!
quelle différence avec Louisette, rien que dans la
façon de se trouver mal! (Avec éclat.) Mais la voilà,
ma femme évanouie, chez le pharmacien, la voilà!
(Il prend un fusain, va à la toile.) Est-ce indiqué, est-ce
posé! Est-ce gracieux de mouvement! (Léontine sou-
pire.) Restez comme ça, ne bougez plus. (Jetant son fusain, revenant vite.) Le corsage dégrafé, il faut le corsage
dégrafé.

Il veut ouvrir le corsage.

LÉONTINE, revenant à elle.

Monsieur, que faites-vous?

LUCIEN.

Je vous demande pardon, madame, chez moi l'artiste reprend toujours le dessus.

LÉONTINE.

Et maintenant, monsieur, puisque le hasard vous a rendu maître d'un secret que vous auriez dû toujours ignorer, expliquez-moi comment il se fait que je vous trouve ici au lieu et place de M. Georges?

LUCIEN, à part.

Comme elle s'exprime avec élégance. Je ne sais pas trop que lui dire, moi. Je ne peux pourtant pas lui avouer...

LÉONTINE.

Eh bien! monsieur, j'attends vos explications.

LUCIEN, à part.

Mais c'est tout à fait mon type de femme, tout à fait. Elle a la ligne, la taille, les hanches, oh! les jolies hanches! (Haut.) Madame, permettez-moi de vous dire que vous avez des hanches, mais des hanches...

LÉONTINE.

Monsieur...

LUCIEN.

Je vous demande pardon: chez moi l'artiste... vous savez...

LÉONTINE.

Avant que je ne m'évanouisse, vous m'avez parlé d'une mission que vous aviez à remplir auprès de moi.

LUCIEN.

Vous croyez?

LÉONTINE.

Je me le rappelle très bien.

LUCIEN, à part.

Je me le rappelle. Elle a dit : je me le rappelle. J'ai donc trouvé une femme qui ne dit pas : Je m'en rappelle.

LÉONTINE.

Eh bien, monsieur, parlez.

LUCIEN.

Eh bien, madame, je vais vous dire franchement la chose. (A part.) J'aime mieux ça.

LÉONTINE.

Inutile, monsieur, j'ai tout compris.

LUCIEN, vivement.

Mais non, madame, ce n'est pas ça, je vous le jure.

LÉONTINE.

M. Cartelin se marie. Il n'a pas eu le courage de m'annoncer lui-même sa décision et il vous a chargé de m'en faire part. C'est bien cela, n'est-ce pas ?

LUCIEN.

Oui, madame, c'est cela précisément. Vous avez deviné.

LÉONTINE.

M. Cartelin est votre ami, monsieur, permettez-moi de vous dire néanmoins que je le considère comme un parfait malotru.

LUCIEN.

Vous avez raison, madame, vous avez raison. C'est ce que je lui ai dit, d'ailleurs.

LÉONTINE.

Quoiqu'il n'y ait jamais rien eu entre ce monsieur et moi.

LUCIEN.

Ah !

LÉONTINE.

Je vous charge de toutes mes félicitations et de tous mes vœux pour lui.

LUCIEN.

Je n'y manquerai pas, madame.

LÉONTINE, saluant pour sortir.

Monsieur...

LUCIEN.

Madame... ne vous en allez pas, madame, ne vous en allez pas. Je vous en supplie, ne vous en allez pas comme ça.

LÉONTINE.

Avez-vous donc peur que je fasse un coup de tête, que je veuille attenter à la vie de votre ami ?

LUCIEN.

Oui, c'est cela, c'est bien cela.

LÉONTINE.

J'attenterais plutôt à la mienne, monsieur.

LUCIEN.

Ah ! mais ce serait encore plus déplorable ! Je ne vous laisserai pas partir.

LÉONTINE.

Monsieur, je veux sortir.

LUCIEN.

Non, madame, vous ne sortirez pas.

LÉONTINE.

Et de quel droit, monsieur, me retenez-vous ainsi ?

LUCIEN.

Mais du droit, du droit... d'un droit imprescriptible. Ah ça! vous ne comprenez donc rien, vous ne ressentez rien de ce qui se passe dans mon cœur, vous ne lisez pas dans mon âme?

LÉONTINE.

Mon Dieu, non.

LUCIEN.

Mais lisez-y pour l'amour du ciel, lisez-y. Regardez, observez. Voyez que ma tête bouillonne. Ne vous apercevez-vous pas que j'éprouve une des sensations les plus violentes de ma vie? Tenez, prenez ma main, j'ai la fièvre. Comptez les battements de mon cœur, je vous en prie, comptez-les.

LÉONTINE.

Mais, monsieur...

LUCIEN, à genoux.

Faut-il donc tomber à vos pieds, et vous avouer que je suis éperdûment amoureux de vous?

LÉONTINE.

Monsieur, relevez-vous, que signifie?...

LUCIEN se relevant.

Je vous aime, madame, je vous aime du plus profond de mon âme.

LÉONTINE.

Il suffit, monsieur, je ne suis pas dupe de la comédie que vous jouez en ce moment.

LUCIEN, à part.

Elle est superbe! elle est superbe! (Haut.) Eh bien! madame, non, je ne joue pas la comédie, je vous l'assure, ça en a l'air c'est vrai, mais ce n'est pas de la comédie.

LÉONTINE.

Comment un galant homme sincèrement épris, oserait-il profiter d'un accident comme celui dont je suis victime...

LUCIEN.

Mais, madame, il n'y a là qu'une coïncidence, une coïncidence fortuite, je vous l'affirme, que je suis tout le premier à déplorer. Quand je dis que je la déplore, je m'entends, parce que... Ah! je ne sais plus ce que je dis : enfin ce n'est qu'une coïncidence et je suis amoureux, très sincèrement. Je vous aimais depuis longtemps sans avoir eu l'occasion de vous le dire! et alors, aujourd'hui, c'est tout naturel : un mouvement de tendresse, de pitié à cause de votre malheur... Ça a éclaté...

LÉONTINE.

Je ne peux pas croire à un amour sincère de votre part.

LUCIEN.

Mettez-moi à l'épreuve. Permettez-moi de venir vous voir.

LÉONTINE.

Comment, venir me voir ! Vous ne connaissez seulement pas mon mari.

LUCIEN.

Si. Je le connais de vue. C'est un petit, n'est-ce pas, chauve ?

LÉONTINE.

Non, pas du tout, il est grand et a des cheveux comme tout le monde. Et quand même vous le connaîtriez de vue, ça ne suffit pas.

LUCIEN.

Nous devons avoir beaucoup d'amis communs. Je me ferai présenter à lui.

LÉONTINE.

Je vous le défends.

LUCIEN.

Pourquoi ?

LÉONTINE.

Parce que...

LUCIEN.

Vous avez peur de moi ?

LÉONTINE.

Non, je n'ai pas peur de vous.

LUCIEN.

Mais je vous aime éperdûment, madame, je vous aime éperdûment.

LÉONTINE.

Ce n'est pas vrai.

LUCIEN.

Oh! ne dites pas que ce n'est pas vrai. Vous me faites trop de mal. Quand l'artiste a enfin rencontré la créature idéale, la femme exquise qui doit parfumer son existence; quand Pétrarque a trouvé sa Laure, Dante sa Béatrice Abeilard... non, pas Abeilard... enfin, quand j'ai trouvé la femme qui rayonne pour moi dans l'apothéose, vous pouvez passer indifférente, le cœur sec, la main cruelle, mais vous n'avez pas le droit de dire que je ne vous aime pas, non, madame, vous n'en avez pas le droit, car sapristi on est rarement amoureux d'une personne comme je le suis de vous.

LÉONTINE.

Et si je consentais à vous croire ?

LUCIEN.

Eh! bien, si vous consentiez à me croire, les choses deviendraient toutes simples et prendraient leur suite naturelle.

LÉONTINE.

Monsieur...

LUCIEN.

Je vous ai offensée. Pardonnez-moi. Je veux être pour vous le plus respectueux, le plus tendre des amants.

LÉONTINE, courroucée.

Des amants, monsieur!

LUCIEN.

Excusez-moi, si j'anticipe ainsi, mais c'est l'amour qui me rend fou, pardonnez-moi, madame.

LÉONTINE.

Je vous pardonne. Mais alors, laissez-moi partir.

LUCIEN.

Je vous laisse partir.

LÉONTINE.

C'est bien.

LUCIEN.

Quand pourrai-je vous revoir ?

LÉONTINE.

Vous me reverrez à une seule condition : c'est que jamais vous ne me reparlerez de tout ce dont vous vous m'avez parlé ici, et qu'il ne sera plus jamais question d'une semblable folie.

LUCIEN.

Oh !

LÉONTINE.

C'est ainsi.

LUCIEN.

Eh bien ! soit. (A part.) Qu'est-ce que je risque ?

LÉONTINE.

Alors, je vous autorise à vous faire présenter le plus tôt possible à mon mari.

4

LUCIEN.

Et j'irai chez vous immédiatement.

LÉONTINE.

Vous attendrez s'il vous plaît que mon mari vous invite.

LUCIEN.

J'attendrai.

LÉONTINE.

Monsieur...

Elle lui tend la main.

LUCIEN, voulant lui baiser la main.

Madame...

LÉONTINE, retirant sa main.

Faites-vous d'abord présenter à mon mari.

LUCIEN.

Vous êtes un ange.

Elle sort.

SCÈNE XIV

LUCIEN, seul.

Quelle maîtresse exquise j'aurai là ! (Prenant une cigarette et se jetant sur le divan.) Enfin ! je vais pouvoir travailler !

Rideau.

ACTE DEUXIÈME

Un salon chez les Frondeval

Au fond, un peu à gauche, porte de l'antichambre; à droite en pan coupé, porte de la salle à manger. A gauche, deuxième plan, porte de la chambre de Léontine. A droite, premier plan, porte de la chambre de Frondeval. A droite, une table avec ce qu'il faut pour écrire.

Au milieu, guéridon. Près du guéridon, un canapé et des chaises. Cheminée à gauche, pan coupé.

SCÈNE PREMIÈRE

LÉONTINE, LUCIEN, FRONDEVAL, un instant JULIE.

Au lever du rideau, Léontine, Lucien, Frondeval sortent de la salle à manger.

LÉONTINE, très animée.

Enfin, je prends M. Durand pour juge. Qui est-ce qui a commencé?

FRONDEVAL.

C'est vous, ma chère.

LÉONTINE, à Lucien.

Qui est-ce qui a commencé?

LUCIEN, embarrassé.

Mon Dieu, madame...

FRONDEVAL.

C'est elle qui a commencé, sans contredit.

LUCIEN.

Mon cher Frondeval...

FRONDEVAL.

C'est vous, ma chère, qui avez commencé. Vous m'avez traité d'imbécile. Quand nous sommes seuls, vous, Durand et moi, passe encore, mais devant les domestiques...

LÉONTINE.

Pourquoi avez-vous déclaré avec votre air de supériorité si horripilant, que les femmes ne comprennent rien à la littérature?

LUCIEN.

Là, vous avez eu tort, mon cher Frondeval.

LÉONTINE.

Vous voyez bien.

FRONDEVAL.

Mais j'ai dit cela négligemment. Vous vous êtes emportée tout de suite.

LUCIEN.

Il est vrai que...

LÉONTINE.

Ces querelles que vous me cherchez tous les jours sont intolérables.

FRONDEVAL.

Moi, vous chercher querelle, grand Dieu. Mais c'est votre caractère qui s'aigrit, je ne sais pourquoi; vous vous fâchez au moindre prétexte.

LÉONTINE.

Enfin, je prends M. Durand pour juge.

FRONDEVAL.

Je vous en prie, ma chère, restons-en là. Tenez !
Il montre Julie qui vient d'entrer avec un plateau qu'elle pose sur le guéridon.

LÉONTINE.

Eh ! cette fille sait bien que vous n'êtes qu'un sot.
Rire étouffé de Julie. Les trois personnages se retournent.

FRONDEVAL.

Léontine, calmez-vous.

Julie sort.

LÉONTINE.

Vous m'impatientez... vous m'énervez.

LUCIEN, à part.

Cette scène de ménage est assommante.

LÉONTINE.

Tenez, je vous cède la place.

FRONDEVAL.

Léontine... notre ami est là.

LÉONTINE.

Alors, allez-vous en, ou c'est moi qui m'en vais.

FRONDEVAL.

Je vais prendre mon café dans mon cabinet. (Il prend une tasse.) Là, êtes-vous contente?

LÉONTINE.

Allez.

FRONDEVAL, à Lucien.

Je vous demande pardon, cher ami.

LUCIEN.

De rien.

Frondeval sort par la droite.

4.

SCÈNE II

LÉONTINE, LUCIEN.

LÉONTINE, prenant une tasse.

Oh ! que cet homme m'exaspère!

LUCIEN, même jeu.

Vous avez été un peu dure pour lui.

LÉONTINE.

Vous allez prendre sa défense...

LUCIEN.

Dieu m'en garde. D'ailleurs je sais bien que si lui,
vous devient odieux, c'est parce que j'ai le bonheur
de vous plaire, moi.

Il s'approche.

LÉONTINE.

Asseyez-vous et soyez sage.

LUCIEN.

Ah! combien je t'aime !

LÉONTINE.

Mon cher, je vous en prie, ne me tutoyez pas,
vous savez que ça m'est désagréable.

LUCIEN.

Mais, c'est de la tendresse.

LÉONTINE.

C'est de la tendresse, soit; mais de la tendresse
banale, un peu grossière et qui froisse mes concep-
tions d'un amour raffiné, tel que doit être le nôtre.

LUCIEN, à part.

A-t-elle des délicatesses de sentiment ! Ah! ce

n'est pas Louisette qui avait de ces délicatesses de sentiment-là.

LÉONTINE.

A propos, mon ami, il faut que je vous gronde.

LUCIEN.

Et pourquoi donc?

LÉONTINE.

Pour ce bijou que vous m'avez envoyé hier ?

LUCIEN.

Le bracelet ?

LÉONTINE.

Vous n'aviez pas l'intention de me blesser, évidemment, mais, un cadeau de ce genre, dans notre situation...

LUCIEN.

Oh ! Léontine, j'avais cru vous faire plaisir. Vous aviez remarqué un bracelet semblable à une de vos voisines de loge, l'autre soir à l'Opéra.

LÉONTINE.

Je vous sais gré de l'intention. En tous cas, un objet de cette valeur, c'était de la folie !

LUCIEN.

Oh! une misère! L'objet en lui-même n'a aucune valeur.

LÉONTINE.

Si, si, il vaut très cher, je m'y connais en bijoux.

LUCIEN.

Il n'a d'autre valeur que celle d'avoir attiré vos regards. Et j'ai cru qu'en vous offrant ce petit souvenir d'une si bonne soirée passée auprès de vous...

LÉONTINE.

En fait de souvenir, j'aurais préféré une fleur, une simple et modeste fleur.

LUCIEN, à part.

Si j'avais su. Eh bien, elle ne pousse pas à la consommation, au moins, cette femme-là ! Ce n'est pas comme Louisette qui ne parlait que de billets de mille. (Haut.) Vous êtes la plus angélique des créatures terrestres.

LÉONTINE.

Avouez que mes manières, ma façon d'être, les sentiments que j'éprouve, tout en moi, vous étonne un peu.

LUCIEN.

C'est vrai. Je n'ai de ma vie rencontré femme aussi distinguée, nature aussi délicate.

LÉONTINE.

Vous n'avez encore eu affaire qu'à de simples filles, des modèles, des cocottes.

LUCIEN.

A peu près.

LÉONTINE.

Ça se voit.

LUCIEN.

Ça se voit. Que voulez-vous dire par là ?

LÉONTINE

Je dis que vous me traitez à peu près comme vous traitiez vos anciennes maîtresses.

LUCIEN.

Oh ! Léontine !

LÉONTINE.

Enfin, mon cher, vous me recevez dans l'atelier où

vous les receviez, dans cet atelier plein encore de souvenirs fâcheux.

LUCIEN.

Mais pas du tout, c'est-à-dire... Il venait des femmes chez moi, c'est possible. Mais pas comme vous l'entendez. Ma parole, dans cet ordre d'idées, c'est moi qui allais chez elles.

LÉONTINE.

Jurez-moi que jamais,... là-bas...

LUCIEN.

Oh! si rarement, si rarement. Je pourrais compter le nombre de fois. Mais, si cette idée-là vous est pénible, je vais immédiatement louer un appartement, confectionner une petite installation toute neuve, toute vierge...

LÉONTINE.

Non, mon cher, je ne veux pas vous imposer cette dépense. D'ailleurs votre maison me convient très bien, m'est très commode; et j'y suis faite. Seulement je voudrais voir effacer la trace du passage de celles qui m'ont précédée.

LUCIEN.

Mais qu'entendez-vous par trace? Il n'y a pas de traces.

LÉONTINE.

Mais vous ne comprenez donc pas que pour moi, rien que l'idée de m'asseoir dans le même fauteuil, de fouler les mêmes tapis, de soulever les mêmes tentures que toutes ces personnes...

LUCIEN.

Vous voulez que je change mon mobilier.

LÉONTINE.

Dans l'atelier même, c'est inutile.

LUCIEN.

Eh bien, je vais faire tout changer, je vais écrire à mon tapissier.

LÉONTINE.

Je vous indiquerai, si vous voulez, une jolie étoffe de soie brochée très avantageuse.

LUCIEN.

Ah! c'est cela. Je veux que tout soit à votre goût, jusque dans les moindres détails.

LÉONTINE.

Ah!... alors, rien que de la cristallerie et de l'argent, pas de faïence, pas de porcelaine...

LUCIEN.

C'est entendu. Et j'espère que d'ici à très peu de temps, vous étrennerez ce nouveau nid de nos amours et que vous y viendrez un peu plus souvent que vous ne le faisiez jusqu'ici... car, sans reproche, vous êtes d'une rareté...

LÉONTINE.

Mais, mon ami, nous nous voyons tous les jours, soit ici, soit dans le monde.

LUCIEN.

Ah! mais ce n'est pas la même chose.

LÉONTINE.

Ah! que vous êtes matériel! Vous ne pensez qu'au côté prosaïque de l'amour.

LUCIEN.

Je ne suis pas matériel du tout. Seulement, vous admettrez bien comme moi que l'amour ne peut séparer l'idéal de la réalité. Il consiste même à les réunir.

LÉONTINE.

Pour les hommes peut-être, pas pour les femmes.

Croyez bien, mon cher, que je ne cherche, moi, qu'une satisfaction purement morale où les sens n'ont rien à voir.

LUCIEN, à part.

Elle dit ça après, mais au moment même elle est comme les autres. Je ne m'en plains pas d'ailleurs.

LÉONTINE.

Voyez-vous, mon ami, l'amour tel que je le comprendrais, tel que je le désirerais entre nous, consisterait en une simple communion de nos deux âmes. Ce serait peut-être trop vous demander.

LUCIEN.

Certes.

LÉONTINE.

Mais sans aller tout à fait jusque-là, je vous prie, cherchons à restreindre dans nos rapports la phase matérielle si pénible.

LUCIEN.

Comment pénible! Ah! bien alors!

LÉONTINE.

Pénible pour moi, mon ami, malgré les apparences. Je vous en prie, soyez raisonnable. Je vous cède bien de temps en temps; faites-moi des concessions de votre côté. Je suis si fatiguée, depuis l'hiver dernier.

LUCIEN.

Fatiguée, vous êtes florissante de santé. (A part.) Ah! non par exemple, ça devient exagéré. Je veux bien de la poésie, mais rien que de la poésie...

LÉONTINE.

Je vous le demande en grâce, mon ami, soyez moins exigeant.

LUCIEN.

Moins exigeant. Vous appelez cela être exigeant.

(A part.) Mais ah ça! est-ce que Georges,... alors?... c'est pourtant un gaillard. (Haut.) Ecoutez, ma chère, je vous assure que j'y mets beaucoup du mien allez, sans en avoir l'air, vous me faites déjà joliment souffrir...

LÉONTINE.

Souffrir, souffrir comment?

LUCIEN.

Mais... avec votre froideur.

LÉONTINE.

Ah! vous souffrez. Eh! bien, tant mieux.

LUCIEN.

Comment?

LÉONTINE.

C'est que vous aimez vraiment, alors. Souffrir c'est aimer! Moi, je n'ai jamais considéré l'amour que comme une exquise souffrance.

LUCIEN.

Ah!

LÉONTINE.

Tenez, le jour où notre liaison m'a procuré le plus de douceur, c'est à la fin du mois dernier.

LUCIEN.

A la fin du mois dernier... mais ce n'est que du 2 de ce mois que date...

LÉONTINE.

Ça ne fait rien. A la fin du mois dernier vous rappelez-vous que vous avez été atteint d'un lombago?

LUCIEN.

C'est vrai.

LÉONTINE.

A la sortie du spectacle, vous vous êtes précipité par une pluie battante, pour me chercher une voiture. Et c'est de là que vous êtes tombé malade.

LUCIEN.

Oh! ne parlons pas de ça.

LÉONTINE.

Mais si, mon ami. Ce n'est pas bien poétique un lombago, c'est même presque ridicule. Mais il vous procurait d'assez vives douleurs et en vous voyant souffrir je me disais : ah, comme il souffre, comme il souffre! et c'est à cause de moi, et c'est pour moi qu'il souffre! Et j'étais bien heureuse. Les hommes ne comprennent pas ces choses-là. Voilà comment j'entends l'amour, moi.

LUCIEN.

Vous avouerez cependant que si dans l'amour il n'y avait que le lombago...

LÉONTINE.

Oh! le reste est bien peu de chose.

LUCIEN, se promenant.

Permettez! permettez. (A part.) Mais ça n'est plus drôle du tout! Ce n'est plus drôle du tout une femme comme ça.

LÉONTINE.

Vous êtes fâché de ce que je viens de vous dire?

LUCIEN.

Non... Si... Tout ce que je vois de plus clair là-dedans, c'est que vous ne m'aimez pas.

LÉONTINE.

Lucien.

LUCIEN, très ému.

Non, vous ne m'aimez pas.

Il tire son mouchoir de sa poche.

5

LÉONTINE.

Je vous aime.

LUCIEN.

Non.

LÉONTINE.

Je vous aime, grand enfant.

Elle lui prend son mouchoir, pour lui essuyer elle-même les yeux.

LUCIEN.

Si vous m'aimez, venez me voir.

LÉONTINE.

Quand ?

LUCIEN.

Demain au plus tard.

LÉONTINE.

Impossible, mon ami, j'ai une robe à essayer toute la journée.

LUCIEN.

Après-demain.

LÉONTINE.

Après-demain... oui. Ah ! non ! le sermon du Père Devibrec à Saint-Roch.

LUCIEN.

Le lendemain, alors.

LÉONTINE.

Le lendemain, mais ce sera jeudi, je reste chez moi.

LUCIEN.

C'est navrant.

LÉONTINE.

Eh bien ! tenez, voyons, quelle heure est-il? (Regardant la pendule.) Oui... aujourd'hui...

LUCIEN, ravi.

Aujourd'hui! vous allez venir me voir aujourd'hui?

LÉONTINE.

Peut-être. J'ai quelques courses à faire et si j'ai fini à quatre heures...

LUCIEN.

Vous me le promettez.

LÉONTINE.

Je ne vous le promets pas tout à fait.

LUCIEN.

Ah! vous êtes un ange!

Il la prend par la taille, elle lui remet son mouchoir dans sa poche, et retire un paquet de cigarettes.

LÉONTINE, montrant le paquet.

Lucien ?

LUCIEN.

Léontine.

LÉONTINE.

Vous fumez encore ?

LUCIEN.

Mais non.

LÉONTINE.

Vous fumez quand je vous l'avais défendu absolument. Et vous dites que vous m'aimez.

LUCIEN.

Une cigarette seulement.

LÉONTINE.

Je vous le défends, j'ai horreur du tabac.

LUCIEN.

Mais, vous permettez bien à votre mari de fumer!

LÉONTINE.

Ce n'est pas la même chose.

LUCIEN.

Je ne fumerai plus jamais.

Il jette le paquet dans la cheminée.

LÉONTINE.

J'y compte bien.

LUCIEN, à part.

Elle a tout de même des côtés assez ennuyeux.

LÉONTINE.

Mon ami, je vous rends votre liberté, je vais faire mes courses.

LUCIEN.

Et moi je vais aller vous attendre à l'atelier.

LÉONTINE.

Travaillez donc un peu en m'attendant, vous savez que vous ne travaillez plus du tout.

LUCIEN.

C'est vrai, je ne travaille pas. (A part.) Le moyen de travailler avec... (Haut.) mais je vais me mettre à l'ouvrage, cette fois j'ai bien mûri mon sujet ; je n'ai plus qu'à marcher.

LÉONTINE.

Toujours votre scène chez le pharmacien ?...

LUCIEN.

Evidemment. J'ai déjà jeté quelques études de bocaux.

LÉONTINE.

Mon cher, je ne comprends pas que vous choisissiez des sujets pareils.

LUCIEN.

Mais il est admirable, mon sujet.

LÉONTINE.

Dites qu'il est grossier, qu'il est révoltant.

LUCIEN.

Léontine !

LÉONTINE.

Une pharmacie !...une femme dépoitraillée !... oh !
J'aimerais tant vous voir au contraire prendre des
sujets gracieux, élégants.

LUCIEN.

Mais quoi ?

LÉONTINE.

Moi, si j'étais à votre place, je ferais des tableaux
d'un genre aimable, joli, avec une pointe de poésie.

LUCIEN.

C'est facile à dire.

LÉONTINE.

Tenez, je chercherais par exemple un pendant à
un sujet charmant que je me rappelle. C'est un chasseur qui passe sur un pont très étroit ; une paysanne
arrive en sens inverse...

LUCIEN.

Léontine ! Léontine, je vous en supplie, pas un mot
de plus.

LÉONTINE.

Qu'avez-vous ?

LUCIEN.

Vous me feriez du mal.

LÉONTINE.

Pourquoi donc ?

LUCIEN.

Vous n'entendez rien à la peinture.

LÉONTINE, piquée.

Merci! Avec mon mari c'était la littérature, avec
vous c'est la peinture.

LUCIEN.

Pardon, pardon, chère amie, mais vous savez chez
moi, l'artiste reprend toujours le dessus. Vous avez
raison, absolument raison. Votre sujet est adorable;
il est exquis, j'y penserai. Je le creuserai. (A part.)
Pas plus de sentiment artistique que chez Louisette,
c'est désespérant!

LÉONTINE.

Au revoir.

LUCIEN.

A tout à l'heure, n'est-ce pas?

LÉONTINE.

Mais oui, peut-être.

LUCIEN.

Oh! sûrement, sûrement; j'y tiens tellement.

Entre Frondeval, de droite.

SCÈNE III

LES MÊMES, FRONDEVAL.

FRONDEVAL.

Eh bien! ma chère, ce mouvement de mauvaise
humeur de tout à l'heure, c'est fini?

LÉONTINE.

Oh! laissez-moi tranquille, vous.

Elle sort par la gauche.

SCÈNE IV

FRONDEVAL, LUCIEN.

FRONDEVAL.

C'est singulier!... Ne trouvez-vous pas que le caractère de ma femme s'aigrit beaucoup ?

LUCIEN.

Je ne sais pas. Je ne la connais pas depuis assez longtemps. — Au revoir, mon cher, il faut que je m'en aille.

FRONDEVAL.

Ne partez donc pas si vite. Je voudrais vous parler !

LUCIEN.

Me parler ?

FRONDEVAL.

Oui, j'ai des choses très sérieuses à vous dire.

LUCIEN, à part.

Aurait-il des soupçons ? (Haut.) C'est que je suis un peu pressé.

FRONDEVAL.

Ce ne sera pas long. Vous pouvez bien m'accorder cinq minutes.

LUCIEN.

Cinq minutes, certainement.

FRONDEVAL.

Vous venez d'assister à une scène entre ma femme et moi.

LUCIEN.

Une discussion sans importance.

FRONDEVAL.

Sans importance, en elle-même, soit ; mais voilà déjà pas mal de temps que ce genre de scène se renouvelle tous les jours. Je vous avouerai même que depuis huit ans que nous sommes mariés l'attitude de madame Frondeval à mon égard a toujours été à peu près celle-là.

LUCIEN.

Eh bien, alors, vous devez y être habitué.

FRONDEVAL.

Je croyais que je m'y ferais, je ne m'y fais pas du tout.

LUCIEN.

Mais que voulez-vous que j'y fasse, moi ?

FRONDEVAL.

Rien.

LUCIEN.

Eh bien, alors ?

FRONDEVAL.

Alors je veux vous faire part d'un projet que j'ai longtemps caressé et que je me décide à mettre à exécution. Puisque je ne trouve pas dans mon intérieur les satisfactions que je suis en droit d'y attendre, je vais aller les chercher au dehors.

LUCIEN.

Vous voulez faire un peu la noce ?

FRONDEVAL.

Vous l'avez dit.

LUCIEN.

Tiens, mais excellente idée ! (A part.) Un mari qui

fait la noce, voilà qui est avantageux, la femme à moi tout seul maintenant.

FRONDEVAL.

Vous me conseillez de chercher à m'amuser.

LUCIEN.

Je crois bien.

FRONDEVAL.

Je suis très content d'avoir votre approbation. J'avais peur qu'à cause des termes dans lesquels vous êtes avec ma femme, vous ne me fassiez des reproches.

LUCIEN.

Mais au contraire.

FRONDEVAL.

Je compte sur votre discrétion.

LUCIEN.

Croyez bien, mon cher...

FRONDEVAL.

Seulement, voilà : je ne suis guère lancé dans le monde où l'on s'amuse, moi.

LUCIEN.

Il est bien facile de s'y introduire.

FRONDEVAL.

Et puis, vous l'avouerai-je. Quoique ancien magistrat... je suis d'une timidité avec les femmes... J'ai toujours mené une existence si réservée, si sage. Vous ne me croirez peut-être pas, mais avant de me marier, je n'avais jamais eu seulement de maîtresse.

LUCIEN.

Bah !

FRONDEVAL.

Je ne veux pas dire que... non...; mais, à propre-

5.

ment parler, je n'avais pas eu de maîtresse. Et depuis
que je suis marié, je suis resté d'une fidélité ridicule...

LUCIEN.

Vraiment !

FRONDEVAL.

Une seule fois, une seule...

LUCIEN.

Ah! mon gaillard!

FRONDEVAL.

Il faut que je vous raconte cela. (Il s'asseoit.) J'ai
failli tromper ma femme une seule fois, mais failli
tout simplement, hélas ! C'était il y a six mois environ: Georges Cartelin votre ami, qui venait beaucoup à la maison alors avait dîné ici. A table,
Léontine me fait une scène, je ne sais plus à propos
de quoi. Nous devions aller tous les trois au théâtre,
je me dis : Léontine sera d'une humeur exécrable
toute la soirée, je prétexte une migraine et je la
laisse partir seule avec Georges. Voilà qui est bien.
De mon côté je vais faire un tour sur les boulevards.
Vous ne pouvez pas vous figurer comme ce soir-là
il y avait de jolies petites femmes qui trottinaient
sur le boulevard. Je me sentais tout chose. J'avise
une jeune personne, brune, élancée, qui tournait le
coin de la rue Laffitte. Je me dis : Qu'est-ce que je
risque, et je tourne aussi le coin de la rue Laffitte.
La jeune personne me déclare qu'elle demeure rue
des Martyrs.

LUCIEN.

Vous l'aviez donc abordée?

FRONDEVAL.

Je m'étais décidé à l'aborder près de Notre-Dame de
Lorette. Ça n'a pas été tout seul, comme vous le pensez
bien. Bref, j'accompagne la belle enfant jusque chez
elle.

LUCIEN.

Ah! ah! ça se corse!

FRONDEVAL.

Mon cher, j'étais tombé sur une vertu farouche.

LUCIEN.

Allons donc!

FRONDEVAL.

Je prie, je supplie, je n'obtiens rien, ou si peu de chose que ce n'est pas la peine d'en parler.

LUCIEN.

Vous avez fait des offres d'argent?

FRONDEVAL.

C'est-à-dire que la petite m'avait raconté qu'elle se trouvait dans une situation de fortune très précaire, et que je l'obligerais en lui avançant une cinquantaine de francs. Pauvre petite, j'avais quinze louis sur moi.

LUCIEN.

Elle les a pris?

FRONDEVAL.

Oui, et puis elle m'a donné sa photographie; une photographie que j'ai encore, soigneusement cachée, parce qu'à cause de ma femme... Je vous la montrerai. Ah! c'était une bien jolie fille.

LUCIEN.

Et comment ça s'est-il terminé ?

FRONDEVAL.

Elle m'a autorisé à venir la voir le lendemain ; le lendemain j'accours à deux heures de l'après-midi. Qu'est-ce que me dit la concierge ? La petite avait déménagé le matin même, sans donner sa nouvelle adresse!

LUCIEN.

Ah!

FRONDEVAL.

Je me suis demandé s'il fallait voir là-dedans un coup prémédité ou un fâcheux effet du hasard. En résumé, je n'ai jamais revu cette jeune personne. Et Dieu sait ce que je donnerais pour la retrouver en ce moment : elle, ou une autre, aussi gentille.

LUCIEN.

C'est bien facile.

FRONDEVAL.

Mais je n'en connais pas, mon cher, je n'en connais pas. Voilà pourquoi je m'adresse à vous.

LUCIEN.

A moi, mais...

FRONDEVAL.

Il faut que vous me meniez dans le monde où l'on s'amuse. Il faut que vous me fassiez faire la connaissance de femmes séduisantes, capiteuses. Je veux faire la fête avec vous. Emmenez-moi, emmenez-moi !

LUCIEN.

Mais...

FRONDEVAL.

Nous irons dans les bals publics, dans les salons de cocottes. Nous souperons, nous nous griserons ensemble !

LUCIEN.

Ah, mais ! ah, mais !

FRONDEVAL.

Je suis jeune, j'ai vingt ans. En avant les petites femmes !

LUCIEN, à part.

Ah ! non ! C'est trop roide. Je prends une femme mariée pour n'avoir plus à souper tous les soirs, et il me faudrait aller souper avec le mari !

FRONDEVAL.

Vous comprenez bien que vous êtes la seule personne à laquelle je puisse m'adresser. Ce n'est pas à Cartelin que je vais demander ça, n'est-ce pas ?

LUCIEN.

A Georges! mais pourquoi pas? Au contraire, il se fera un plaisir.

FRONDEVAL.

Voyons, mon ami, il va se marier.

LUCIEN.

Il va se marier !

FRONDEVAL.

C'est vous-même qui l'avez dit à ma femme.

LUCIEN.

C'est juste... mais ça n'empêche pas.

FRONDEVAL.

Mais non... Et puis Georges ne connaît pas ce monde-là. D'ailleurs c'est un homme sérieux, un avoué; il est très occupé, tandis que vous, qui n'avez rien à faire...

LUCIEN.

Rien à faire, eh bien, et ma peinture ?

FRONDEVAL.

Votre peinture ?... D'abord on ne peint pas le soir.

LUCIEN, à part.

Il est assommant. (Haut.) Mon cher, vous avez tort, faire la fête dans votre position, à votre âge !

FRONDEVAL.

Si je ne la fais pas à mon âge, quand est-ce que je la ferai ?

LUCIEN.

Non, non. Je refuse de m'associer à une folie.

FRONDEVAL.

Alors, vous ne voulez pas ?

LUCIEN.

Non, excusez-moi, mais franchement...

FRONDEVAL.

Savez-vous, mon ami, que cette mauvaise volonté de votre part me donne à réfléchir.

LUCIEN, à part.

Bon ! il va avoir des soupçons maintenant !

FRONDEVAL.

L'amitié dont vous prétendez m'honorer me devient suspecte.

LUCIEN, à part.

Allez, j'en étais sûr. (Haut.) Eh bien, puisque vous y tenez absolument, nous ferons la fête ensemble, nous la ferons tant que vous voudrez, nous la ferons à en mourir. Mais je suis un peu pressé, je vous l'ai dit, laissez-moi m'en aller.

FRONDEVAL.

Tâchez donc d'organiser quelque chose pour ce soir.

LUCIEN.

Oui ; c'est cela, bonjour.

Il va pour sortir. Julie entre suivie de Cartelin, Pacharès et Benuto.

SCÈNE V

Les Mêmes, GEORGES, BENUTO, PACHARÈS.

JULIE, annonçant.

M. Cartelin.

LUCIEN.

Georges!

GEORGES.

Ah! te voilà, tant mieux, je viens de chez toi.

FRONDEVAL à Georges.

Bonjour, mon cher. Qu'il y a longtemps qu'on ne vous a vu. Julie, prévenez donc madame que M. Cartelin est là.

JULIE.

Madame est sortie depuis plus d'une demi-heure.

Elle sort par le fond, en emportant le plateau de café.

LUCIEN, à part.

Une demi-heure déjà. Il faut que je rentre chez moi. (A Georges.) Bonjour, mon ami, je suis très pressé.

GEORGES.

Non, non, reste, j'ai absolument besoin de te parler.

LUCIEN.

Mais...

GEORGES.

Une affaire de la plus haute gravité. (A Benuto et Pacharès.) Messieurs, si vous voulez entrer un instant ici. (A Frondeval.) Vous permettez?

Il les fait entrer à droite, premier plan.

SCÈNE VI

GEORGES, LUCIEN, FRONDEVAL.

FRONDEVAL.

Quels sont ces messieurs ?

GEORGES.

Vous allez le savoir tout à l'heure. (A Lucien.) Ah ! tu as eu une riche idée toi, de me proposer de changer...

LUCIEN.

De changer de quoi ?...¡Ah ! j'y suis... mais c'est toi qui as eu cette idée-là!

GEORGES.

Pour te faire plaisir.

LUCIEN.

Pour me faire plaisir! Mais dis donc, tu en avais l'air assez satisfait. Cette carte télégramme que j'ai reçue, le lendemain, avec ces simples mots: C'est un beurre !!!! et quatre points d'exclamation.

GEORGES.

Quatre, oui...je ne les regrette pas. Mais si je m'étais douté que...

FRONDEVAL intervenant.

De quoi s'agit-il donc?

GEORGES.

Il s'agit, il s'agit que je me bats demain.

LUCIEN.

Tu te bats ?

GEORGES.

Avec un Brésilien qui ne parle pas un mot de français, moi un avoué. C'est amusant d'être obligé de me battre, à cause de Louisette!

LUCIEN.

A cause de Louisette?

FRONDEVAL.

Qui ça, Louisette?

LUCIEN.

Une cocotte.

FRONDEVAL.

Vous donnez donc dans les cocottes, vous, maintenant?

GEORGES.

Oui.

FRONDEVAL.

Au moment de vous marier.

GEORGES, étonné.

De me marier?

LUCIEN, vivement.

Tais-toi donc! Justement, avant de se marier, il faut toujours... Mais enfin qu'est-il donc arrivé?

GEORGES.

Je dînais hier soir au restaurant, avec Louisette. Pas de cabinets particuliers, forcés de dîner dans la salle commune. La table à côté de la nôtre était occupée par un monsieur très brun, un Brésilien, et une grande femme exentrique, beaucoup de diamants. Louisette me pousse du coude, et me dit en me montrant les bijoux de cette femme : Tu sais, c'est du toc. L'autre entend et murmure entre ses dents : Ça serait en toc, qu'il y a encore des femmes qui ne seraient pas fichues de s'en faire payer de pareils. Louisette ri-

poste. Tu sais les vocables qu'elle emploie, quand elle
est en colére...

LUCIEN.

Je les connais.

GEORGES.

Les deux femmes s'interpellent avec la dernière
grossièreté. Je prie le monsieur de faire taire sa don-
zelle: il me baragouine quelque chose d'un air furieux.
Je lui donne ma carte, il tire la sienne et je file avec
Louisette. Nous avons achevé de dîner au bouillon
et je me bats demain. Ah! c'est amusant!

FRONDEVAL.

Vous vous battez demain. C'est décidé?

GEORGES.

Ça va se décider. Je viens de recevoir les témoins
de mon adversaire. Ce sont ces messieurs qui attendent là.

FRONDEVAL.

Ah! très bien.

GEORGES.

J'ai couru avec eux à ton atelier. On m'a dit que
tu n'y étais plus jamais.

LUCIEN.

Hélas!

GEORGES.

J'ai pensé que je te trouverais ici. Frondeval et toi
vous serez mes témoins. Maintenant que vous connaissez l'histoire, réglez l'affaire avec ces messieurs.
Moi je passe à l'étude signer mon courrier et je re-
viens chercher des nouvelles. (Il va à la porte.) Messieurs, s'il vous plaît! (Pacharès et Benuto entrent.) Messieurs les témoins de M. Baraguez, les miens.

LUCIEN, à part.

Mais sapristi, et mon rendez-vous ! (Haut.) Il faut absolument... je n'ai pas le temps en ce moment.

GEORGES.

Comment, tu n'as pas le temps, quand je me bats ? Ah ! Lucien.

LUCIEN.

Alors, dépêchons-nous. J'ai un rendez-vous très pressé.

GEORGES.

A tout à l'heure.

FRONDEVAL.

Bonjour, mon cher. Et comptez sur nous; votre honneur est en bonne garde.

Georges sort par le fond.

SCÈNE VII

FRONDEVAL, LUCIEN, PACHARÈS, BENUTO.

LUCIEN.

Nous allons nous dépêcher, n'est-ce pas ? Nous sommes tous d'accord.

FRONDEVAL.

Mais pardon, mon cher, l'affaire demande à être examinée sérieusement.

LUCIEN.

Elle est tout examinée... Il y a eu altercation entre deux femmes... Ça ne regarde pas les hommes, ces choses-là. Il n'y a pas lieu à rencontre, n'est-ce pas, messieurs ?

PACHARÈS.

Si, si...

LUCIEN.

Comment, si ?

BENUTO.

Oui, oui, nous disons comme vous.

FRONDEVAL.

Mais pardon, pardon. Asseyez-vous donc, messieurs. Asseyez-vous donc, mon cher. (On s'asseoit.) Il y a eu échange de paroles vives entre ces deux messieurs.

LUCIEN.

Ils les retirent. Ils les retirent, n'est-ce pas ?

BENUTO et PACHARÈS.

Si, si.

FRONDEVAL.

Mais pardon, ces paroles vives ont peut-être un caractère injurieux. Si une insulte grave a été adressée à notre ami... Connaissez-vous la teneur exacte des phrases échangées ?

PACHARÈS.

Si, si.

FRONDEVAL.

Qui a commencé ?

PACHARÈS.

C'est lui.

LUCIEN.

Qui lui ?

BENUTO.

Votre ami.

FRONDEVAL.

Bien... qu'a-t-il dit ?

PACHARÈS.

Il a dit: Garçon, donnez-moi de l'eau de Seltz.

FRONDEVAL.

Cela est sans importance. Quand l'altercation a eu lieu entre les deux dames, qui a parlé le premier?

PACHARÈS.

Lui, lui!

FRONDEVAL.

Notre ami?

BENUTO.

Non.

FRONDEVAL.

Le vôtre, alors?

PACHARÈS.

Non plus.

LUCIEN.

Qui, alors?

PACHARÈS.

Le garçon, il a dit : un siphon ou un demi-siphon?

LUCIEN.

Eh! il ne s'agit pas de ça. Quand les deux femmes se sont attrapées, qu'a dit notre ami au vôtre?

PACHARÈS.

Je ne sais pas.

FRONDEVAL, à Benuto.

Et vous?

BENUTO.

Moi non plus. Le senor Baraguez ne connaissant pas très bien le français n'a pas compris ce que lui disait le senor.... Cartelin.

FRONDEVAL.

Et qu'a répondu le senor Baraguez?

PACHARÈS.

Il a répondu en portugais.

FRONDEVAL.

Qu'est-ce que ça voulait dire ?

BENUTO.

Ça ne peut pas se traduire, en francais.

FRONDEVAL.

Ça devient grave.

LUCIEN.

Mais au contraire, vous voyez bien qu'il n'y a pas dans tout cela de quoi fouetter un chat ; l'affaire s'arrange d'elle-même.

FRONDEVAL.

Je ne suis pas de votre avis: notre ami a dû recevoir une injure sanglante. D'ailleurs j'en suis en ce moment à ma première affaire d'honneur et je tiens à ce qu'elle n'ait pas l'air de s'arranger d'une façon aussi leste. (Aux étrangers.) Messieurs, je vous serai obligé de préciser. Donnez-nous la traduction approximative de la phrase prononcée par monsieur votre client.

PACHARÈS.

C'est quelque chose en français comme : vous m'ennuyez.

BENUTO.

Si, si... plutôt, vous m'embêtez.

FRONDEVAL.

Encore un peu plus fort peut-être?

PACHARÈS.

Si, si.

BENUTO.

Précisément, je n'osais pas le dire.

FRONDEVAL.

Vous voyez, mon cher ?

LUCIEN.

Oh ! en portugais...

FRONDEVAL.

Vous ne vous battriez pas avec un homme qui vous adresserait une telle insulte, même en portugais ?

LUCIEN.

Si.

FRONDEVAL.

Eh! bien. Vous voyez que Georges doit se battre.

LUCIEN.

Alors faisons-les battre et que ça finisse.

FRONDEVAL

Vous jugez messieurs qu'une rencontre est indispensable ?

PACHARÈS.

Si, si.

BENUTO.

A la disposition de usted.

FRONDEVAL.

Il ne nous reste qu'à régler les conditions du combat.

PACHARÈS.

Si, si.

LUCIEN rapidement.

Nous sommes l'offensé. Nous choisissons l'épée : demain, dix heures, au Vésinet.

FRONDEVAL.

Un instant, mon cher, un instant. Peut-être que l'adversaire de Cartelin est très fort à l'épée ? (Aux étrangers.) Votre ami, le senor...?

PACHARÈS.

Le senor, si...

FRONDEVAL.

Le senor, comment?

BENUTO.

Baraguez, le senor Baraguez.

PACHARÈS.

Si, si.

LUCIEN, à part.

Ils n'en finiront pas... et mon rendez-vous ?

FRONDEVAL.

Votre ami est-il particulièrement fort à l'épée ?

PACHARÈS.

Si, si.

FRONDEVAL.

Et au pistolet ?

BENUTO.

Si, si.

LUCIEN.

Vous voyez que c'est la même chose; prenons l'épée.

FRONDEVAL.

Non, prenons le pistolet, au contraire.

LUCIEN.

Avec le pistolet, on ne sait jamais ce qui peut arriver.

FRONDEVAL.

Oui, mais avec l'épée...

LUCIEN.

Eh bien, prenons le pistolet. (Aux autres.) Le pistolet, n'est-ce pas?

PACHARÈS.

Si, si.

LUCIEN très vite.

Trente pas, deux balles, dix heures du matin, Vésinet. C'est entendu!

BENUTO.

Si, si.

FRONDEVAL.

Il me semble que vingt-cinq pas suffiraient.

PACHARÈS.

Si, si.

LUCIEN.

Mais non, trente, c'est déjà bien joli.

FRONDEVAL.

Trente, soit.

LUCIEN.

Alors, ça y est. (A part.) Et Léontine qui doit m'attendre. (Haut.) Je me sauve.

FRONDEVAL.

Etes-vous si pressé?

LUCIEN.

J'ai un rendez-vous.

FRONDEVAL.

Avec qui donc?

LUCIEN.

Oh! bonsoir.

FRONDEVAL.

Et le procès-verbal?

LUCIEN.

Rédigez-le vous-même. Vous n'avez pas besoin de moi. (Saluant.) Messieurs. (A part.) Je vais manquer Léontine, certainement.

Il sort.

6

SCÈNE VIII

Les Mêmes, moins LUCIEN.

FRONDEVAL.

Puisque nous sommes d'accord, messieurs, nous allons, si vous le voulez bien, rédiger un procès-verbal.

PACHARÈS.

Si, si.

FRONDEVAL.

Vous permettez?

Il s'installe à la table de droite.

PACHARÈS, à Benuto.

Demande au senor.

BENUTO.

Maintenant?

PACHARÈS.

Si.

BENUTO.

No, demande, toi.

PACHARÈS.

No, toi, il le faut, tout de suite.

FRONDEVAL, écrivant.

« A la suite d'une altercation survenue dans la soirée du 10 avril... »

BENUTO.

Pardon, monsieur.

FRONDEVAL.

Qu'y a-t-il?

BENUTO.

Je voudrais vous dire quelque chose en particulier.

FRONDEVAL, se levant.

Ah! si vous voulez passer par ici.

BENUTO.

Non devant mon ami, n'importe.

FRONDEVAL.

Eh bien, monsieur, parlez...

BENUTO.

Notre ami, le senor Baraguez, a été éprouvé un peu, la nuit dernière, par la banque de Baccara.

PACHARÈS, murmurant.

Rabia!

BENUTO.

Nous-mêmes, le senor Pacharès et moi, avons été éprouvés à la ponte.

PACHARÈS, un peu plus fort.

Rabia!

BENUTO.

Et il faut des frais, beaucoup pour le duel : la voiture, les armes, le déjeuner, le médecin. Nous tenons à avoir un très bon médecin pour le senor Baraguez. Si vous pouviez nous favoriser, pour quelques jours, de la somme de dix à vingt louis environ ?

PACHARÈS.

Vingt louis, si, vingt ou vingt-cinq louis.

BENUTO.

Chacun.

PACHARÈS.

Si. Le senor et moi, nous vous rendrions après-demain, au plus tard.

BENUTO.

Si, si.

FRONDEVAL.

Ah! mais pardon, messieurs; pardon. (A part.) Huit cents francs... voilà qui change bien les choses! (Haut.) Certainement, messieurs, certainement je serais enchanté de vous rendre ce léger service, si c'était nécessaire... mais il me semble que nous n'avons pas terminé l'affaire. En l'étudiant à fond, peut-être pourrait-elle s'arranger. On ne saurait être trop circonspect en cette matière; il s'agit de la vie de deux galants hommes. Voyons, examinons encore le cas.

PACHARÈS.

Si, si.

FRONDEVAL offrant des cigares.

Un cigare?

PACHARÈS.

Avec plaisir.

FRONDEVAL.

Et vous, monsieur?

BENUTO.

Merci de l'obligeance.

FRONDEVAL.

Asseyez-vous, messieurs. (On s'asseoit.) Vous dites que mon ami, M. Cartelin a adressé à votre ami, une phrase que ce dernier n'a pas comprise.

PACHARÈS.

Si, si.

FRONDEVAL.

Eh bien, je connais assez M. Cartelin pour vous garantir qu'il ne pouvait y avoir aucune offense dans ses paroles. Je sais ce qu'il dit toujours en pareil cas. Il aura dit : je vous prie d'excuser, monsieur, ou regrettez le malentendu, ou quelque chose comme ça... ou tout au plus : faites taire madame.

PACHARÈS.

Si, si.

FRONDEVAL.

Tenez, allumez-vous donc. (Il tend une boîte d'allumettes.) D'un autre côté, M. Baraguez a répondu une phrase portugaise. Mon ami n'entendant pas cette langue, la phrase doit être considérée comme non avenue.

PACHARÈS.

Si, si.

FRONDEVAL.

Rédigeons donc le procès-verbal, s'il vous plaît.

BENUTO.

Si, si.

FRONDEVAL, écrivant.

« A la suite d'une altercation survenue dans la » soirée du 10 avril, entre deux dames qu'accompa- » gnaient messieurs Baraguez d'un côté et Cartelin » de l'autre, ces messieurs ont exprimé leurs regrets » respectifs de n'avoir pu prévenir une querelle, à » laquelle ils n'ont pas pris part. Les témoins ont » déclaré à l'unanimité qu'il n'y avait pas lieu à ren- » contre »... Si vous voulez signer. (Les deux hommes signent.) Voilà qui est fait. Messieurs, enchanté vraiment d'avoir fait votre connaissance.

PACHARÈS, et BENUTO, saluant.

Monsieur...

Ils sortent par le fond.

FRONDEVAL, seul.

J'aime mieux pour Georges que ça se soit terminé comme ça.

Julie entre du fond, introduisant madame Bolivon, Suzanne et Dugonet.

6.

SCÈNE IX

DUGONET, MADAME BOLIVON, SUZANNE,
FRONDEVAL, JULIE.

JULIE, annonçant.

Madame Bolivon.

Elle sort.

FRONDEVAL,

Madame...

MADAME BOLIVON.

Dame patronnesse de l'œuvre des vieillards moralement abandonnés, je viens, monsieur, solliciter un
effet de votre générosité.

FRONDEVAL, s'inclinant.

Madame... (A part.) Qu'est-ce qu'il faut donner? C'est
assommant ces quêtes !... Dix francs, non, cinq francs,
ce sera bien assez. Mais je ne les ai pas sur moi.
(Haut.) Je vous demande pardon, madame! je vais
chercher mon obole.

Il sort, par la droite

¡SCÈNE X

MADAME BOLIVON, SUZANNE, DUGONET.

MADAME BOLIVON.

Quel métier tu me fais faire, ma pauvre Suzanne!

SUZANNE.

Mais, maman, puisqu'on a dit à M. Dugonet

à son cercle que pour rencontrer M. Cartelin, il n'y avait qu'à aller chez les Frondeval.

MADAME BOLIVON.

Tu avoueras bien cependant que s'introduire chez des gens qu'on ne connaît pas, en se faisant passer pour une dame de charité, c'est bien pénible pour moi.

SUZANNE.

Du moment que M. Dugonet, qui est marguillier à Saint-Augustin, nous accompagne.

MADAME BOLIVON.

Nous aurions pu rencontrer ce jeune homme autre part.

SUZANNE.

Où ça ?

MADAME BOLIVON.

Je ne sais pas. M. Dugonet aurait fini par trouver un biais, n'est-ce pas ?

DUGONET.

Certainement, certainement, j'aurais trouvé un biais.

SUZANNE.

Mais, maman, voilà quinze jours que nous traînons ce pauvre M. Dugonet, alternativement, à l'étude de M. Cartelin où on nous dit toujours qu'il vient de sortir, et au Palais de Justice où on nous répète qu'il n'est pas encore arrivé !

MADAME BOLIVON.

Mon bon monsieur Dugonet, nous finirons par abuser de votre complaisance.

DUGONET, poliment.

Oh ! madame... (Avec amertume, à part.) Si elles en abusent de ma complaisance ! Et tout ça pour un rizotto à la milanaise, on peut bien le dire, pour un simple rizotto !

MADAME BOLIVON.

Mais pourquoi diable aussi t'entêtes-tu à courir après ce jeune homme ?

SUZANNE.

Courir après ce jeune homme ! maman, tu as des expressions... Je veux le revoir, tout simplement.

MADAME BOLIVON.

Un garçon qui n'a pas fait seulement attention à toi.

SUZANNE.

Qu'en sais-tu ? J'ai bien fait attention à lui.

MADAME BOLIVON.

Et pourquoi n'est-il pas venu dîner à la maison alors ? Est-ce qu'il se défie de ma cuisine ?

DUGONET.

Elle est pourtant excellente, votre cuisine, certes. (A part.) Ah ! si elle n'était pas si bonne, la cuisine ! (Haut) Je conseillerai cependant à votre cuisinière, si vous n'y voyez pas d'inconvénient, quand elle fait des épinards au jus, d'ajouter un clou de girofle à la sauce. Ce n'est rien, et c'est un monde de différence.

SUZANNE.

Mais, maman, il n'avait pas notre adresse, ce monsieur ; comment voulais-tu qu'il vînt dîner ?

DUGONET.

N'est-ce pas votre avis qu'un clou de girofle, bien planté à propos ?

MADAME BOLIVON.

Oui, on mettra un clou de girofle, mais Suzanne devrait bien renoncer à ce monsieur.

SUZANNE.

Oh! maman, quand c'est la première fois que j'en trouve un, à peu près de mon goût... Je ne me le rappelle pas tout à fait; c'est pour ça que je tiens à le revoir. Dire qu'il est peut-être ici.

Frondeval entre de droite.

SCÈNE XI

LES MÊMES, FRONDEVAL.

FRONDEVAL.

Madame, désolé de vous avoir fait attendre. Voici ma modeste offrande.

Il tend cinq francs.

MADAME BOLIVON.

Qu'est-ce que c'est ça? Ah! oui, merci, monsieur.

Elle prend l'argent.

FRONDEVAL.

J'aurais voulu donner un peu plus : mais par ma situation, je suis forcé de donner de plusieurs côtés.

MADAME BOLIVON.

Oh! ça ne fait rien, monsieur, croyez que la somme m'est indifférente. Le moins sera le mieux; et si vous voulez ne donner que trois francs...

FRONDEVAL.

Oh! madame...

MADAME BOLIVON, se levant.

Quarante sous, un franc seulement. (A part.) J'ai des remords.

FRONDEVAL.

Non, non, gardez, madame.

Il salue comme s'il attendait le départ de madame Bolivon.

SUZANNE, bas à sa mère.

Maman, parle donc de M. Cartelin.

MADAME BOLIVON.

Mais comment faire?...

FRONDEVAL, même jeu que précédemment.

Mesdames, monsieur...

SUZANNE.

Amène la conversation, vite...

MADAME BOLIVON.

Pardon, monsieur, savez-vous comment va M. Cartelin?

FRONDEVAL étonné.

Ah! vous connaissez Georges?

MADAME BOLIVON.

Oui, monsieur.

FRONDEVAL.

Un bien charmant garçon, n'est-ce pas?

MADAME BOLIVON.

Charmant.

DUGONET.

Charmant.

FRONDEVAL.

Vous êtes sans doute une amie de sa tante, madame Duchemin?

MADAME BOLIVON, embarrassée.

Mais, certainement...

FRONDEVAL.

Et comment va-t-elle?

MADAME BOLIVON.

Mais... je ne sais pas trop...

SUZANNE.

Bien doucement, monsieur.

FRONDEVAL.

Bien doucement, toujours... Pauvre femme.... Elle ne passera pas l'année... ces maladies-là...

MADAME BOLIVON.

Ne m'en parlez pas... (A Suzanne.) Dans quelle position me mets-tu ?

SUZANNE, bas.

Va donc, maman, va donc !

MADAME BOLIVON.

Et est-ce que nous verrons aujourd'hui M. Cartelin ?

FRONDEVAL.

Mon Dieu, madame, il était ici tout à l'heure.

MADAME BOLIVON.

Ah ! je vous demande pardon ; mais comme nous savons qu'il vient beaucoup chez vous...

FRONDEVAL.

Il venait beaucoup autrefois, c'est vrai ; mais maintenant, nous le voyons presque plus.

MADAME BOLIVON et SUZANNE.

Ah !

FRONDEVAL.

Depuis qu'il va se marier...

SUZANNE, saisie.

Oh! maman !

MADAME BOLIVON.

Il va se marier ; vous êtes sûr ?

FRONDEVAL.

C'est lui-même qui l'a annoncé à ma femme...

SUZANNE, bas à sa mère.

Allons-nous en...

MADAME BOLIVON.

Quoi ?

SUZANNE.

Allons-nous en, maman, tout de suite.

MADAME BOLIVON.

Monsieur, désolée de vous avoir dérangé. Excusez... Nous sommes un peu pressées.

FRONDEVAL, saluant.

Madame, monsieur...

Madame Bolivon et Suzanne se dirigent vers la porte du
fond. — Léontine entre brusquement.

SCÈNE XII

Les Mêmes, LÉONTINE.

MADAME BOLIVON, saluant.

Madame...

LÉONTINE, à son mari.

Ces dames ?

FRONDEVAL.

Des dames de charité, venues pour l'œuvre des vieillards moralement abandonnés.

LÉONTINE, tirant son porte-monnaie.

Ah! des quémandeuses, encore!.. Enfin, tenez, madame.

Elle tend une pièce d'or à madame Bolivon.

MADAME BOLIVON.

Qu'est-ce que c'est ?... Merci, madame...

SUZANNE, prenant la pièce, et la rendant.

Non, madame, merci; nous n'avons plus besoin de rien... (A sa mère.) Allons-nous en. (A part.) Il se marie! Oh! mon Dieu, je n'ai pas de chance!

Madame Bolivon et Dugonet saluent, et sortent par le fond avec Suzanne.

SCÈNE XIII

FRONDEVAL, LÉONTINE.

LÉONTINE.

A quelle heure M. Durand est-il parti d'ici?

FRONDEVAL.

Il y a un quart d'heure, vingt minutes, je crois... un peu avant que ces dames n'arrivent.

LÉONTINE, à part.

Oh! c'est trop fort! C'est inouï!

FRONDEVAL, à part.

Diable! Elle a toujours l'air d'aussi mauvaise humeur, ma femme. (Haut.) Georges est venu.

LÉONTINE.

Quel Georges?

FRONDEVAL.

Eh! bien, Georges Cartelin.

LÉONTINE.

Ah! ils se valent bien, tous les deux!

FRONDEVAL.

Qu'est-ce que vous voulez dire?

LÉONTINE.

Laissez-moi la paix!

Elle sort par la gauche, en faisant claquer la porte.

7

FRONDEVAL.

Toujours, toujours de mauvaise humeur. Ah ! mais il faut que je m'amuse, moi, il faut que je m'amuse! J'en ai assez de cette existence-là. Je viens de retrouver la photographie de cette petite femme qui m'a joué un si vilain tour. (Il regarde une photographie qu'il vient de tirer de sa poche.) Est-elle assez adorable, celle-là !... Ce petit nez... cet œil... Oh ! cet œil... Il faut que je m'amuse, il le faut !

Lucien entre du fond.

SCÈNE XIV

LUCIEN, FRONDEVAL.

FRONDEVAL.

Ah ! vous voilà.

LUCIEN.

Léontine... Madame Frondeval est rentrée ?...

FRONDEVAL.

A l'instant.

LUCIEN, à part.

Je l'ai manquée de trois minutes... Trois minutes seulement.

FRONDEVAL.

Elle est d'une humeur massacrante...

LUCIEN.

Je crois bien, c'est votre faute aussi.

FRONDEVAL.

Comment, c'est de ma faute. Ah çà ! est-ce que vous allez vous mettre du côté de ma femme contre moi maintenant ?

LUCIEN, lui prenant la main.

Mais non, mon cher, mais non. Excusez un mouvement de vivacité !

FRONDEVAL.

Vous êtes un bon garçon. Dites donc, êtes-vous disposé à faire la fête ce soir ?

LUCIEN.

Ce soir ! Déjà !

FRONDEVAL.

J'ai tellement besoin de m'amuser... A propos ; j'ai retrouvé la photographie de la petite ; vous savez. Qu'est-ce que vous me dites de cette frimousse-là ?

Il lui montre la photographie.

LUCIEN.

Très gentille ! Très gentille !

FRONDEVAL.

Vous ne pourriez pas me présenter à quelque chose dans ce modèle-là ? Voyez-vous ça, parmi vos connaissances ?

Léontine entre de gauche.

SCENE XV

Les Mêmes, LÉONTINE.

LÉONTINE.

Ah ! vous ici, M. Durand.

FRONDEVAL, à part.

Sapristi ! ma femme !... cachez ça...

LÉONTINE.

Qu'est-ce que vous regardiez donc ?

FRONDEVAL.

Rien du tout. Ce n'est pas intéressant.

LÉONTINE.

Voyons. (Elle prend la photographie). Très jolie personne.

FRONDEVAL.

C'est une amie de ce polisson de Lucien.

LUCIEN.

Hein !

FRONDEVAL.

Une nouvelle conquête.

LÉONTINE.

Ah! mes compliments.

Elle rend la photographie à Frondeval.

LUCIEN.

Mais...

FRONDEVAL, bas.

Dites comme moi. (Haut.) Reprenez cette photographie, Lovelace, reprenez. C'est un heureux coquin, n'est-ce pas, que notre ami Durand ?

Lucien jette sur la table la photographie que lui a remise Frondeval.

LÉONTINE.

Ah çà ! vous moquez-vous de moi, de venir me parler de créatures pareilles ?

FRONDEVAL.

Je croyais, chère amie, qu'on pouvait rire un peu. (A part.) Oh ! la mauvaise humeur ! la mauvaise humeur ! Je file !

Il sort par la droite.

LÉONTINE, à Lucien.

Monsieur, vous êtes un misérable !

LUCIEN.

Léontine !

LÉONTINE.

C'est une infamie !

LUCIEN.

Léontine, votre mari...

Frondeval rentre avec son chapeau et son pardessus.

LÉONTINE.

Prenez donc la peine de vous asseoir, mon cher monsieur Durand.

FRONDEVAL.

Ma chère, vous m'excuserez de ne pas vous avoir prévenue. Je dois dîner ce soir au cercle.

LÉONTINE.

Dînez où vous voudrez.

FRONDEVAL.

Bonsoir. A demain. Vous serez couchée probablement quand je rentrerai.

LÉONTINE.

Ne venez pas me déranger.

FRONDEVAL.

Non, à demain. (A Lucien.) Au revoir. (Bas.) Je vous atteuds au cercle.

LUCIEN.

Au revoir.

Frondeval sort par le fond.

SCÈNE XVI

LÉONTINE, LUCIEN.

LÉONTINE.

Ah çà! m'expliquerez-vous votre conduite inqualifiable?

LUCIEN.

Je suis au désespoir. Pardonnez-moi. Je suis déjà assez puni comme ça... Vous saviez bien le prix que j'attachais à votre visite; mais une affaire imprévue...

LÉONTINE.

Je voudrais bien savoir quelle affaire ?

LUCIEN.

Georges est arrivé quand vous veniez de partir.

LÉONTINE.

M. Cartelin?

LUCIEN.

Oui.

LÉONTINE.

Vous avez l'aplomb de prononcer ce nom-là devant moi et de l'évoquer en pareille circonstance !

LUCIEN.

Ma chère amie...

LÉONTINE.

Il suffit, monsieur.

LUCIEN.

Ecoutez-moi.

LÉONTINE.

Je ne vous écouterai pas.

LUCIEN.

Léontine.

LÉONTINE.

Je ne vous permets plus de m'appeler Léontine. Tout est fini entre nous.

LUCIEN.

Mais Léontine,... mais madame, rappelez-vous combien j'y tenais à ce rendez-vous, combien j'y tiens encore!

LÉONTINE.

Monsieur!

LUCIEN.

Je vous en supplie...

LÉONTINE.

Et ce portrait de femme?

LUCIEN.

Quel portrait?

LÉONTINE.

Que vous montriez à mon mari.

LUCIEN.

Mais c'est tout le contraire, ce portrait, c'était votre mari qui me le montrait.

LÉONTINE, ricanant.

Mon mari! Ah! la défaite est jolie... Mes compliments...

LUCIEN.

Hein!

LÉONTINE.

Mon cher, vous ne supposez pas que j'aille me contenter d'une explication aussi misérable. Je ne conçois même pas que vous ayez l'audace de vous moquer à ce point de moi. Ce portrait était entre vos mains.

Elle prend la photographie avec rage, et la déchire.

LUCIEN, à part.

Comment, elle ne croit pas ! Ah ! les femmes ! D'ailleurs si elle se doutait que réellement son mari... Ça ferait encore de nouvelles scènes.

LÉONTINE.

Eh ! bien, monsieur !

LUCIEN, à part.

Inventons quelque chose alors. (Haut.) Eh bien ! j'aurais préféré vous le cacher, mais puisque vous avez vu la chose... vous n'avez donc pas compris ?

LÉONTINE.

Compris quoi ?

LUCIEN.

Que ce portrait, c'était un truc. Je n'ai seulement jamais vu cette femme-là. Je m'en moque comme d'une guigne. C'est une photographie que j'ai trouvée dans un stock. Et je faisais croire à votre mari que c'était celui d'une bonne amie à moi, pour détourner les soupçons qu'il pourrait avoir. (A part.) Comme ça, tout s'arrange.

LÉONTINE.

Mon mari a donc des soupçons ?

LUCIEN.

Il allait en avoir, mais grâce à mon truc...

LÉONTINE.

Vous me contez une histoire. Mon mari n'a jamais eu de soupçons. Eh bien ! il ne manquerait plus que ça !

LUCIEN.

Mais si, mais si ; il en avait un petit peu.

LÉONTINE.

C'était donc ça, qu'il acceptait de si bon cœur toutes mes rebuffades. Vous avez raison, je crois que
mon mari a des soupçons.

LUCIEN.

Vous voyez bien. Et si j'osais vous donner un
conseil d'ami, vous feriez bien d'être un peu plus
aimable pour lui, quand je suis là. (A part.) Tout
s'arrange ; c'est joliment habile ce que je viens de
faire là.

LÉONTINE.

Mon mari a des soupçons ! Mais c'est épouvantable !

LUCIEN.

Oh ! ce n'est pas bien grave.

LÉONTINE.

Pas grave ! Voilà comment vous prenez la chose,
quand il s'agit de mon honneur, de ma sécurité,
peut-être...

LUCIEN.

Mais non, mais non... Il n'y a pas péril en la demeure ; et avec quelques précautions... Je viendrai
moins souvent ici ; en revanche, vous viendrez plus
souvent chez moi, vers les cinq heures. (A part.) Tout
va bien.

LÉONTINE.

Mon ami, je commence à avoir peur...

LUCIEN.

N'ayez aucune crainte.

LÉONTINE.

Les maris, comme le mien, ont des réveils terribles.

LUCIEN.

Oh !

7.

LÉONTINE.

Et puis, cette existence de mystère, ce besoin de se cacher, de surveiller ses paroles, de trembler toujours. Oh! non, je ne pourrais pas m'y faire.

LUCIEN.

Mais au contraire, ça donne du piquant.

LÉONTINE.

Pas pour moi. Non, mon ami, j'aime mieux rompre avec vous.

LUCIEN, à part

J'ai été trop loin.

LÉONTINE.

Nous resterons bons amis, nous nous verrons souvent,... mais nous ne nous mettrons jamais dans une situation telle qu'une surprise...

LUCIEN.

Eh! là! Eh! là! mais je vous aime trop, pour...

LÉONTINE.

Vous m'aimez beaucoup, là, beaucoup!

LUCIEN.

Je vous adore!

LÉONTINE.

Au point de faire de réels sacrifices...

LUCIEN.

Tous les sacrifices du monde.

LÉONTINE.

Alors, ma décision est prise!

LUCIEN.

Ah! tant mieux! Je savais bien!

LÉONTINE.

Mon mari arriverait bientôt à découvrir tout. Il

vaut mieux en finir tout de suite. Nous allons partir ensemble pour l'étranger.

LUCIEN.

Comment!

LÉONTINE.

Vous hésitez!

LUCIEN.

Ce serait de la folie qu'un tel projet. Briser votre existence...

LÉONTINE.

Oh! moi, ça m'est égal... Je préfère même ça... Et vous?

LUCIEN.

Mais...

LÉONTINE.

Comment! c'est vous qui refusez?

LUCIEN.

Je ne refuse pas, c'est impossible!

LÉONTINE.

Qu'est-ce qui vous retient à Paris?

LUCIEN.

Mais... ma peinture!

LÉONTINE, éclatant.

Votre peinture! Ah! ceci est trop fort! Je vous fais la proposition la plus sublime qu'une femme puisse adresser à un homme, je vous offre le sacrifice de toute mon existence, et vous me répondez par ce seul mot : Et ma peinture!... Votre peinture, à vous!

LUCIEN.

Léontine!

LÉONTINE.

Ah ! tenez : vous ne m'aimez pas, vous ne m'avez jamais aimée !

LUCIEN.

Léontine !

LÉONTINE.

Et ma peinture ! Oh ! c'est indigne !

LUCIEN.

Léontine !

LÉONTINE.

Sortez, monsieur, sortez !

LUCIEN.

Sortez ! Mais votre mari n'a aucun soupçon. Ainsi, il est inutile...

LÉONTINE.

Vous ne voulez pas sortir ?

LUCIEN.

Je vous répète...

LÉONTINE.

Adieu, monsieur.

LUCIEN.

Léontine !

Elle sort par la gauche.

SCÈNE XVII

LUCIEN, seul, puis GEORGES.

LUCIEN, seul.

Ah! mais elle est encore plus terrible que Louisette, cette femme-là. J'ai changé mon cheval bor-
gne pour un aveugle... Ça ne peut pas durer comme
ça.

GEORGES, entre, du fond.

Ah! te voici. Eh bien ?

LUCIEN.

Léontine vient de me faire une scène.

GEORGES.

Et mon duel?

LUCIEN.

Ah! oui, ton duel. Au fait, je n'y pensais plus ?
Est-ce qu'elle t'en faisait, des scènes à toi ?

GEORGES.

Bien sûr ; mais mon duel ?

LUCIEN.

Tu te bats demain, au Vésinet.

GEORGES.

A l'épée?..

LUCIEN.

A l'épée, oui.

GEORGES.

J'aime mieux ça.

LUCIEN.

Non, c'est au pistolet. Je ne sais plus où j'ai la tête.

GEORGES.

Au pistolet ?

LUCIEN.

Oui... c'est la faute de cet animal de Frondeval.

GEORGES.

Ah ! c'est amusant... Forcé de me battre pour une querelle de grues, moi, un avoué... Ah ! j'en ai assez, des cocottes, j'en ai assez !

LUCIEN.

Et moi j'en ai assez, des femmes du monde... Tiens, mon vieux, allons-nous en dîner.

GEORGES.

Oui, mais sans femmes, cette fois !

LUCIEN.

Ah ! oui, sans femmes !

Ils se dirigent vers la porte du fond.

Rideau.

ACTE TROISIÈME

Casino de Blondeville

Salle de lecture et de conversation. Au fond, grande baie ouverte sur une terrasse donnant sur la plage.— A gauche, grande porte donnant sur la salle des petits chevaux — Grande porte à droite.— Grande table couverte de journaux et d'albums, à droite du théâtre. — Chaises autour de la table. Borne à gauche du théâtre.

SCÈNE PREMIÈRE

LUCIEN, UN MONSIEUR.

Au lever du rideau, le monsieur, enfoncé dans son fauteuil, lit le *Figaro*. Lucien entre du fond, regarde quelques journaux sur la table.

LUCIEN.

Où donc est le *Figaro*? Il est en main, parbleu! Il n'y a jamais moyen d'avoir le journal, ici. Quelle plage ennuyeuse! Et moi qui espérais enlever quelques études de marines, impossible de travailler; l'exposition de la côte est déplorable, le jour est mauvais partout! (Regardant le monsieur.) Est-ce qu'il va lire jusqu'à la fin du monde, celui-là?... Il en est à la quatrième page pourtant!... Ça manque de femmes, ce pays-ci! Depuis quarante-huit heures que je suis

arrivé, je n'ai pas encore aperçu un visage passable.
Pourtant si je me suis décidé à quitter Paris, et fuir
Léontine qui devenait intolérable, ce n'était certes
pas pour mener une existence de cénobite! Mon
Dieu, qu'est-ce que cet animal peut bien lire dans le
journal? Il y a trois quarts d'heure qu'il regarde les
annonces... Elles sont terribles ces femmes du
monde... Léontine me met à la porte. Je la prends
au mot. Et va te faire fiche! Des lettres tous les
jours. « Revenez, revenez. » Voici la dernière : (il
tire une lettre de sa poche, qu'il se met à lire.) « Ami, se peut-
il que vous ayez oublié tant de sacrifices et tant
de dévouement et que vous gardiez vraiment rancune à celle qui ne pense qu'à vous, et n'aima jamais
que vous » quatre pages de ce style-là. Elle est écri-
vassière cette pauvre Léontine. Et Frondeval qui se
met aussi à m'écrire. (Il tire une seconde lettre.) « Mon
vieux, pourquoi ne te voit-on plus? où es-tu passé?
Ton concierge, habilement sondé, n'a jamais voulu
me dévoiler ta retraite. » Il me tutoie maintenant
Frondeval, c'est inimaginable... quand sa femme ne
me permettait pas même de la tutoyer! « J'ai absolument besoin de toi pour faire la fête. Fremillon le
conseiller à la cour m'a bien emmené dans deux ou
trois parties; mais avec lui, c'est malpropre, et ce
n'est pas drôle. Je suis convaincu que toi tu me
feras faire une noce fringante et coquette, la seule
que je désire faire. Ton vieux co... (Il hésite.) co...
co... pain... Il a mis copain... Auguste. »

Il bâille et se met à fredonner.

« Les femmes, les femmes,
Les femmes, il n'y a qu'ça!... »

(Se levant.) Ah! il a fini l'autre... Bon, il reprend la
première page... c'est trop fort !

Louisette et madame Champagnol entrent, du fond.

SCÈNE II

LUCIEN, LOUISETTE, MADAME CHAMPAGNOL, LE MONSIEUR.

Louisette et madame Champagnol vont s'asseoir à la grande table
et feuillettent les journaux illustrés.

LUCIEN, à part.

Une femme... gentille!... Mais je ne me trompe
pas... c'est Louisette... avec sa respectable tante...
(Il s'approche.) Louisette... Louisette...

LOUISETTE.

Vous faites erreur, monsieur.

LUCIEN.

Ah çà! qu'est-ce que ça veut dire?

Le monsieur, au journal, lève la tête.

MADAME CHAMPAGNOL, à Lucien.

Pardon, monsieur, on vous dit que vous vous
trompez.

LUCIEN, à Louisette.

Vous ne voulez pas avoir l'air de me reconnaître,
madame.

LOUISETTE.

Mademoiselle...

LUCIEN.

Ah! très bien. (Redescendant, à part.) Mais elle est
charmante; ça lui donne un petit air très gentil de
le faire comme ça à la pose... Ah çà! et Georges il
l'a donc lâchée?... Ah! je vais avoir le journal. (Le
monsieur s'est levé, a replié son journal, l'a mis dans sa poche et
sort par le fond. — A part.) Comment, il l'emporte!

LOUISETTE se levant.

Mais oui, c'est moi, grosse bête.

LUCIEN.

Eh bien! pourquoi donc, ces manières tout à l'heure?

LOUISETTE.

Tu n'as donc pas vu, ce monsieur?

LUCIEN.

Tu le connais?

LOUISETTE.

Non, pas encore. Mais on m'a dit à l'hôtel qu'il a plus de cent mille francs de rentes, et tu comprends...

LUCIEN.

Je comprends. Mais à propos, et Georges qu'en as-tu fait?...

LOUISETTE.

Ah! il m'ennuyait. Je l'ai planté là... Et je suis venue ici tâcher de faire fortune. J'ai pris ma tante, parce qu'aux bains de mer, c'est mieux.

LUCIEN.

Tu as l'air d'une petite femme comme il faut. Tu es adorable..

LOUISETTE.

Embrasse-moi.

LUCIEN.

Avec plaisir.

Ils s'embrassent.

MADAME CHAMPAGNOL.

Louisette, si ce monsieur rentrait...

LOUISETTE.

Oh! toi, ma tante, tu nous ennuies, va te promener.

MADAME CHAMPAGNOL.

Où ça ?

LOUISETTE.

Où tu voudras. Tiens, va aux petits chevaux. Tu demanderas le six, tout le temps. Il gagne toujours. (A Lucien.) Donne un louis à ma tante.

LUCIEN, donnant le louis.

Voilà.

LOUISETTE, à madame Champagnol.

Voilà vingt francs, et laisse-nous tranquilles. Je veux causer avec Lucien.

MADAME CHAMPAGNOL.

C'est bon. Je vous laisse... Mais tu n'es pas raisonnable, Louisette, et monsieur devrait bien comprendre qu'aux bains de mer...

LOUISETTE, avec impatience.

Tu nous ennuies. Va-t'en !

Madame Champagnol sort, par la gauche.

SCÈNE III

LOUISETTE, LUCIEN.

LUCIEN.

Oh ! je te retrouve enfin... Tu es bien toujours la même, ma petite Louisette.

LOUISETTE.

Est-ce qu'on ne me prendrait pas tout à fait pour une demoiselle, quand je suis avec ma tante ?

LUCIEN.

Oui. Ta tante aussi, d'ailleurs. Et tu t'amuses ici ?

LOUISETTE.

Ce que je me rase !.. Mais je ne suis pas venue pour m'amuser...

LUCIEN.

C'est vrai. Tu me l'as dit. (A part.) Elle est rudement gentille. (Haut.) Dis donc, Louisette...

LOUISETTE.

Hein ?

LUCIEN.

Quoique ce ne soit pas là le but de ton voyage, on pourrait peut-être s'amuser tout de même.

LOUISETTE.

Tu veux te remettre avec moi ?

LUCIEN.

Me remettre... pas complètement... mais...

LOUISETTE.

Oh ! bien, alors, non, il n'y a rien de fait. Tu comprends, il y a ce vieux monsieur... le monsieur qui lisait le journal... qui commence à s'allumer...

LUCIEN, à part.

Elle est d'un cynisme révoltant.

LOUISETTE.

Si tu veux la préférence, je te l'accorde. Mais rien que pour le plaisir, non... A Paris, peut-être, mais ici, il faut être sérieux...

LUCIEN.

C'est dommage...

LOUISETTE.

On reste bons amis tout de même... Je ne t'en veux pas.

LUCIEN.

Tu es bien bonne.

LOUISETTE.

La preuve, tiens... Viens faire un tour avec moi sur la plage...

LUCIEN.

Mais ça va vous compromettre, mademoiselle.

LOUISETTE.

Pas du tout. Avec ma tante.

LUCIEN.

Avec ta tante !...

LOUISETTE.

Certainement. Et comme le vieux doit être en train de se promener...

LUCIEN.

Comment ! Tu te figures que tu vas me faire faire ce métier-là !

LOUISETTE.

Tu ne veux pas. Ah bien ! vrai, tu n'es pas chic.

LUCIEN.

Louisette, voyons.

LOUISETTE.

Ça se dit homme du monde]; et quand une femme leur demande la moindre des choses...

LUCIEN.

Je vais te remettre dans les bras de ta tante... Mais c'est tout.

LOUISETTE.

Eh bien, allons.

LUCIEN, à part.

Oh ! décidément, ce n'est pas encore mon type de femme !

Il sort avec Louisette. Entrent madame Bolivon, Suzanne et Dugonet, du fond.

SCÈNE IV

DUGONET, MADAME BOLIVON, SUZANNE.

MADAME BOLIVON.

Voyons, Suzanne. Tu ne trouves pas bien ce jeune médecin ?

SUZANNE.

Mais non, maman. Il est affreux. Il marche les pieds en dedans.

MADAME BOLIVON.

Cette enfant me fera mourir, mon cher monsieur Dugonet.

Elle s'asseoit sur la borne.

DUGONET.

Chère amie !

MADAME BOLIVON.

Enfin !... N'est-il pas très comme il faut, très distingué, ce monsieur ?

DUGONET.

Lequel ?...

MADAME BOLIVON.

Celui que nous avons salué dans la rue de Paris, au moment où vous entriez acheter un homard.

DUGONET.

Ah ! oui !

MADAME BOLIVON.

Comment l'avez-vous trouvé ?

DUGONET.

Je l'ai trouvé assez gros ; mais la chair doit être molle.

SUZANNE.

Tu vois, maman.

MADAME BOLIVON.

Mais non, il est élancé, au contraire.

DUGONET.

Elancé ? De qui parlez-vous donc ?

MADAME BOLIVON.

De ce monsieur, parbleu !

DUGONET.

Ah ! je croyais que vous parliez du homard. Je vous demande pardon. Le monsieur... très bien, le monsieur...

MADAME BOLIVON.

Tu vois, Suzanne...

SUZANNE.

' Je n'en veux pas. J'ai dit que je n'en voulais pas, je n'en veux pas.

MADAME BOLIVON.

C'est désespérant. M. Dugonet nous conseille d'aller aux bains de mer, sous prétexte que c'est là que les jeunes filles trouvent le plus facilement à se marier...

DUGONET, à part.

Et puis, pour m'en débarrasser.

MADAME BOLIVON.

Je demande à M. Dugonet de nous accompagner. Il a la complaisance d'accepter. Il ne pouvait d'ailleurs pas nous refuser cela. Nous nous installons à l'hôtel. Ça nous coûte très cher et nous y sommes très mal...

DUGONET.

Cuisine exécrable.

MADAME BOLIVON.

Je fais tout ce que je peux de mon côté pour attirer des jeunes gens près de toi. Je te mène danser tous les soirs au Casino. Comme tu portes très bien le costume de bains, je te fais baigner tous les matins. Je suis exténuée de veiller tous les soirs, et l'air de la mer me donne des névralgies. Et aussitôt que quelqu'un fait mine de se présenter, tu n'en veux pas. Tiens, Suzanne, tu n'aimes pas ta mère.

SUZANNE.

Oh! maman! maman! Mais ces messieurs sont si peu séduisants!

MADAME BOLIVON.

Je t'ai répété cent fois que ton père avait un œil de verre. Tu ne trouveras jamais personne à ton goût.

SUZANNE.

Mais si. J'ai déjà rencontré quelqu'un qui me plaisait.

MADAME BOLIVON.

Ah! ce jeune avoué!... Mais puisqu'il est marié maintenant...

SUZANNE.

Il est peut-être divorcé!...

MADAME BOLIVON.

Tu es folle! Il y a trois semaines seulement qu'on nous a dit qu'il allait se marier. Ecoute, Suzanne, il faut en finir. Je n'en puis plus. Je sens que je vais tomber malade. Et si un malheur arrivait...

SUZANNE.

Maman! maman chérie!...

MADAME BOLIVON.

C'est toi qui m'auras uée, ma pauvre enfant.

SUZANNE.

Oh! maman, veux-tu bien ne pas dire de ces choses-là!

DUGONET.

Il y a pourtant un peu de vrai dans l'observation de madame votre mère.

SUZANNE.

Oh! monsieur!

DUGONET.

Vous devriez bien vous marier, quand ce ne serait que pour elle, et aussi un peu pour moi.

MADAME BOLIVON.

Excellent ami. Tu vois, Suzanne, tu ferais tant de plaisir à M. Dugonet.

SUZANNE.

Eh bien, puisque vous êtes si pressés de me marier, je me décide. Et puisque je ne peux avoir le seul mari qui me plaisait, je prendrai le premier venu. Ça m'est égal.

MADAME BOLIVON.

Le jeune médecin.

SUZANNE.

Oh! non, pas celui-là, jamais! Le premier, à partir de maintenant.

MADAME BOLIVON.

Tu es un ange, ma petite. Monsieur Dugonet, dénichez-nous un beau parti, le plus vite possible. Et nous, nous allons nous mettre aussi en campagne. Suzanne, viens prendre ton bain.

SUZANNE.

Oui, maman.

8

LUCIEN, entrant de gauche, à part.

Cette Louisette n'est qu'une simple grue. (Apercevant Dugonet.) Ah! Dugonet!

Les dames sortent par le fond.

SCÈNE V

DUGONET, LUCIEN.

DUGONET.

Bonjour, mon cher, vous ici?

LUCIEN, regardant au fond.

Oui, ça va bien. Tiens, mais, c'est la petite que vous m'avez amenée un jour.

DUGONET.

Oui.

LUCIEN.

Toujours à marier?

DUGONET.

Toujours... (A part.) Hélas!

LUCIEN.

Mais elle est charmante... jolie tournure !

DUGONET.

Elle est délicieuse.

LUCIEN.

Pourquoi ne se marie-t-elle pas?

DUGONET.

C'est qu'elle est d'un difficile...

LUCIEN.

Elle en a le droit, avec un physique pareil...

DUGONET.

Comme c'est dommage que vous ne vouliez pas vous marier.

LUCIEN.

Et cependant... ma foi!

DUGONET.

Que dites-vous?

LUCIEN.

Je ne sais pas ce que j'ai, mais je trouve que l'air de la mer invite aux idées matrimoniales.

DUGONET.

Mais dites donc! mais dites donc!

LUCIEN.

Eh bien?

DUGONET.

Pourquoi ne l'épouseriez-vous pas cette petite? Elle a une jolie dot.

LUCIEN.

Je vous ai déjà dit que je ne voulais pas me marier.

DUGONET.

Pourquoi ça?

LUCIEN.

Par principe... Cependant, ma foi...

DUGONET.

Ecoutez, mon cher, il faut que vous fassiez plus ample connaissance avec ces dames.

LUCIEN.

Je ne demande pas mieux. Mais soyez certain qu'à aucun prix je ne veux me marier...

DUGONET.

Attendez-moi là. (A part.) Suzanne ne doit pas être encore déshabillée.

Il sort par le fond.

LUCIEN, seul.

Mon Dieu, après tout, pourquoi pas! Les cocottes m'assomment. J'ai essayé des femmes du monde, ça ne m'a pas réussi. Peut-être n'y a-t-il encore que le mariage...

Dugonet rentre avec les dames.

SCÈNE VI

DUGONET, LUCIEN, MADAME BOLIVON, SUZANNE.

DUGONET.

Chère madame, M. Lucien Durand que vous avez déjà rencontré à Paris, et qui désire vous présenter ses hommages.

LUCIEN, saluant.

Madame, mademoiselle...

MADAME BOLIVON.

En effet, monsieur, en effet. Monsieur est dentiste, n'est-ce pas?

LUCIEN.

Non, madame. Je fais de la peinture.

MADAME BOLIVON.

Ah! oui, c'est juste. Je confondais, je vous demande pardon... Je me rappelle fort bien maintenant.

DUGONET, bas à madame Bolivon.

Ça y est!

MADAME BOLIVON.

Hein!

DUGONET, désignant Lucien.

Le mariage.

MADAME BOLIVON.

Sérieusement?

DUGONET.

Très sérieusement.

MADAME BOLIVON, bas à Suzanne.

Eh bien! Suzanne, qu'en dis-tu?

SUZANNE.

Je veux bien, maman.

MADAME BOLIVON.

Ah! ça n'est pas trop tôt.

Elle s'asseoit.

LUCIEN, bas à Dugonet.

Je ne veux pas m'engager immédiatement. La jeune personne est fort bien, mais je voudrais un peu la connaître...

DUGONET.

Soyez tranquille. Asseyez-vous donc.

Tout le monde s'asseoit.

MADAME BOLIVON.

Ma fille allait prendre son bain, monsieur.

LUCIEN.

Mais je ne veux pas empêcher mademoiselle...

MADAME BOLIVON.

Oh! pas du tout... D'ailleurs c'est inutile, maintenant que nous avons eu le plaisir de vous rencontrer.

SUZANNE, bas, vivement.

Maman!

MADAME BOLIVON.

Qu'y a-t-il?

SUZANNE.

Tu viens de faire une gaffe, on ne dit pas ces choses-là!

MADAME BOLIVON.

Ah!

LUCIEN, bas à Dugonet.

Elle est vraiment très gentille, cette enfant.

DUGONET.

Déclarez-vous donc!

LUCIEN.

Oh! pas encore...

MADAME BOLIVON, à Suzanne.

Parle donc un peu, toi. Je ne sais plus quoi dire.

SUZANNE.

Que veux-tu que je dise?...

MADAME BOLIVON.

Eh bien, et moi! (A Lucien.) Il paraît, monsieur, que
vous avez le désir de vous marier?

LUCIEN.

Mon Dieu, madame...

SUZANNE bas à sa mère.

Maman!

MADAME BOLIVON, bas.

Encore une gaffe?

SUZANNE.

Oui. Tu as l'air de me jeter à la tête de ce monsieur.

LUCIEN, à Dugonet.

La maman a l'air d'une bonne femme...

DUGONET.

Excellente femme. Déclarez-vous donc! Pourquoi traîner?

LUCIEN.

Mon Dieu, madame, je ne suis pas absolument décidé à me marier, mais il est bien peu de célibataires, si endurcis qu'ils soient, capables de résister à la perspective d'unir leur existence à celle d'une jeune fille jolie, aimable, élégante.

MADAME BOLIVON.

Ayant de la fortune.

DUGONET.

Cela va sans dire. (A Lucien.) Et il y en a de la fortune, il y en a!

LUCIEN.

Possédant moi-même une trentaine de mille livres de rentes.

MADAME BOLIVON.

Trente mille francs, c'est parfait.

LUCIEN.

J'ai vingt-neuf ans, très bonne santé, excellent caractère. Bien qu'artiste de tempérament, je crois sans me vanter réunir les principales qualités de l'homme du monde.

MADAME BOLIVON.

Ça se voit, monsieur, ça se voit...

LUCIEN, à Dugonet.

Je dois avoir l'air d'un imbécile. Je ne dirai pas un mot de plus.

MADAME BOLIVON, à Suzanne.

N'est-ce pas qu'il est très bien?

SUZANNE.

Il n'est pas mal...

MADAME BOLIVON.

Je ne voudrais pas, mon cher monsieur Dugonet, avoir l'air d'une mère qui vante toujours sa fille, mais vous m'avez souvent dit vous-même que vous auriez voulu avoir une enfant comme Suzanne.

DUGONET.

C'est vrai, elle est charmante en tout point.

MADAME BOLIVON.

Elle est bien élevée, musicienne, etc. Je suis sûre qu'elle fera une très bonne petite femme de ménage.

SUZANNE.

Oh! maman, je t'en prie, ne fais pas l'article comme ça.

LUCIEN.

Je dois déclarer que moi, qui n'aime pas les jeunes filles en général, je n'ai jamais rencontré une personne aussi séduisante d'aspect que mademoiselle...

MADAME BOLIVON, à Suzanne.

Ah! tu vois que tu lui plais.

SUZANNE.

Ça ne veut rien dire, c'est une phrase.

MADAME BOLIVON.

J'espère, monsieur, que nous aurons le loisir de lier plus ample connaissance ici, de nous voir beaucoup...

LUCIEN.

Très flatté, madame.

MADAME BOLIVON.

Je n'ose vous inviter à dîner. Nous sommes des-
cendues à l'hôtel.

DUGONET.

On organisera des parties.

MADAME BOLIVON.

C'est çı.

DUGONET.

Des pêches à la crevette.

SUZANNE.

Ah! je veux bien.

LUCIEN.

Et moi je ne demande pas mieux.

DUGONET.

Des promenades à âne.

SUZANNE.

Oh! non, à cheval.

LUCIEN.

Oui, à cheval plutôt.

SUZANNE.

Vous montez bien, monsieur?

LUCIEN.

Mais... pas trop mal.

SUZANNE.

Et puis nous irons en bateau.

MADAME BOLIVON.

Merci. Pour avoir le mal de mer.

SUZANNE.

Oh! si, petite maman.

LUCIEN, à Dugonet.

Elle est charmante.

DUGONET.

Qu'est-ce que je vous disais...

Georges entre, de droite.

SCÈNE VII

Les Mêmes, GEORGES.

GEORGES, à Lucien.

Bonjour.

LUCIEN.

Tiens, c'est toi! Quel hasard?

SUZANNE, à sa mère.

Maman. C'est lui...

MADAME BOLIVON.

Lui! Ah! oui!

SUZANNE, bas.

Je ne veux pas le voir. Allons-nous en.

MADAME BOLIVON.

Mais...

SUZANNE, haut.

Maman, c'est l'heure de mon bain.

MADAME BOLIVON.

Ton bain... mais puisque...

SUZANNE.

Ça ne fait rien.

MADAME BOLIVON, tendant la main à Lucien.

Cher monsieur...

LUCIEN.

Madame...

MADAME BOLIVON.

Au plaisir de vous revoir tantôt.

LUCIEN, saluant.

Mademoiselle...

MADAME BOLIVON, bas à Dugonet.

Alors, vous croyez que...

DUGONET.

C'est une affaire entendue... (Bas à Lucien.) Je fais la demande pour vous, n'est-ce pas?

LUCIEN, bas.

Jetez-en les bases, si vous voulez...

SUZANNE.

Allons, maman.

Elles sortent avec Dugonet, par le fond.

SCÈNE VIII

GEORGES, LUCIEN.

GEORGES.

Mais dis donc, ce sont ces dames qui...

LUCIEN.

Oui.

GEORGES.

La petite est rudement bien.

LUCIEN.

C'est mon avis.

GEORGES.

Très gentille!

LUCIEN.

Très gentille. Mais, ah çà! explique-moi donc comment te voilà ici. Et puis, tu as donc rompu avec Louisette? Ah! tu viens la rechercher?

GEORGES.

La rechercher?... Elle est donc ici?

LUCIEN.

Tu ne le savais pas...

GEORGES.

Si elle est ici, je file. Merci... j'en ai assez...

LUCIEN.

Que s'est-il donc passé entre vous?

GEORGES.

Elle me trompait, mon cher.

LUCIEN.

Ah! si ce n'est que ça...

GEORGES.

Laisse-moi donc finir. Elle me trompait avec l'homme tatoué des Folies-Bergère.

LUCIEN.

Aïe!

GEORGES.

Voilà donc pourquoi, elle me faisait la conduire tous les soirs dans cet établissement.

LUCIEN.

Un homme tatoué... Oui, je comprends que...

GEORGES.

Je lui avais pardonné bien des défauts et bien des frasques; mais ça, non. J'ai brisé net, et je ne m'en porte pas plus mal... Tu m'as dit qu'elle était ici...

LUCIEN.

Avec sa tante, oui. Elle la fait à la pose mainte-nant...

GEORGES.

Elle ne la faisait pas à la pose, avec l'homme ta-toué, sapristi! quand je les ai surpris. Ah! j'en suis revenu, cette fois, définitivement des cocottes.

LUCIEN.

Comme moi des femmes du monde.

GEORGES.

Tu as rompu avec Léontine?

LUCIEN.

Je suis ici pour ça. Elle m'écrit des lettres ef-frayantes.

GEORGES.

Et moi qui venais chercher un refuge contre le souvenir de Louisette. Ah! mon vieux, c'est bien triste la vie. Cocottes ou femmes du monde, tout ça se vaut.

LUCIEN.

Aussi je prends le parti de me marier pour en finir.

GEORGES.

Tu te maries?

LUCIEN.

Mon Dieu, oui, je vais vraisemblablement épouser cette jeune fille qui sort d'ici.

GEORGES.

Mazette! Tu ne t'embêtes pas toi! Elle est jolie

9

comme un cœur, c'est tout à fait le genre de femme qui me plaît.

LUCIEN.

Et à moi aussi, c'est pour cela que je me décide.

GEORGES.

Ma foi, tu as bien raison. Le mariage, il n'y a encore que cela.

LUCIEN.

On a une femme distinguée, cultivée, qui s'intéresse à votre œuvre.

GEORGES.

Et puis si on est trompé, on est sûr au moins que c'est avec quelqu'un de son monde.

LUCIEN.

Ah ! mais dis donc, je compte bien ne pas être trompé.

GEORGES.

Je dis ça en plaisantant, car je t'approuve entièrement, et je suis décidé à faire comme toi. La première jeune fille jolie, intelligente et ayant de la fortune, que je rencontre, je l'épouse.

LUCIEN.

Nos femmes seront amies. On fera des parties ensemble. On s'amusera.

GEORGES.

C'est égal, j'ai bien peur de ne pas avoir la même chance que toi. Tu as mis dans le mille avec cette jeune fille. Elle est tout simplement adorable. Veinard, va !

LUCIEN.

C'est vrai ! Parole d'honneur, j'en suis déjà amoureux.

GEORGES.

Dis donc, il faut que je passe à l'hôtel... J'ai seulement déposé mes bagages... et je suis venu au Casiro, te chercher. Je voudrais m'installer un peu.

LUCIEN.

Je vais avec toi.

Ils sortent, par la droite; madame Bolivon et Suzanne entrent, du fond.

SCÈNE IX

MADAME BOLIVON, SUZANNE, puis LOUISETTE et MADAME CHAMPAGNOL.

MADAME BOLIVON.

Une demi-heure encore avant le déjeuner ! On ne sait quoi faire dans ce maudit pays! Qu'il me tarde que nous partions. Enfin, j'espère que ton mariage va se décider... Ce monsieur est charmant.

SUZANNE.

C'est convenu que je l'épouse, maman ne m'ennuie pas avec lui...

MADAME BOLIVON.

Suzanne!

SUZANNE.

Maman.

MADAME BOLIVON.

Tu oublies que tu parles à ta mère.

SUZANNE.

Qu'est-ce que j'ai dit ?

MADAME BOLIVON.

Mon enfant, tu me manques de respect à tout bout

de champ et tu ne t'en aperçois même pas. Cela
commence à me faire de la peine.

SUZANNE.

Oh maman! tu sais bien que je t'aime.

MADAME BOLIVON.

Tu es horriblement mal élevée, ma pauvre petite.
Je ne sais à quoi cela tient, mais tu es horriblement
mal élevée !

SUZANNE.

Je suis comme toutes les autres jeunes filles.

MADAME BOLIVON.

Pas du tout, tiens, regarde cette jeune fille qui est
à notre hôtel, avec sa tante.

SUZANNE.

Mademoiselle de la Taraudière.

MADAME BOLIVON.

Oui, mademoiselle de la Taraudière. En voilà une
qui n'oserait jamais parler à sa mère comme tu me
parles. Et cependant, ce n'est que sa tante.

SUZANNE.

C'est parce qu'elle aura été élevée en province.

MADAME BOLIVON.

En province ou non, elle est joliment bien élevée...
et je voudrais bien te voir lui ressembler...

SUZANNE.

Avec ça que je ne la vaux pas.

Louisette et sa tante entrent, de gauche.

MADAME BOLIVON.

Ah ! voici justement ces dames. (Allant à elles.) Bonjour, chère madame, comment cela va-t-il ce matin?

MADAME CHAMPAGNOL.

Mais fort bien, je vous remercie.

LOUISETTE.

Bonjour, mademoiselle.

SUZANNE.

Bonjour, mademoiselle. Laissons causer les vieilles dames ensemble, et allons faire un tour aux petits chevaux.

MADAME BOLIVON, avec reproche.

Suzanne, encore !

LOUISETTE.

Tu permets, ma tante ?

MADAME CHAMPAGNOL.

Oui, ma fille, mais ne restez pas longtemps.

Les jeunes filles sortent par la gauche.

SCÈNE X

MADAME BOLIVON, MADAME CHAMPAGNOL·

MADAME BOLIVON.

Comme votre nièce est bien élevée! Je voudrais bien que ma fille fût aussi bien élevée.

MADAME CHAMPAGNOL.

Votre demoiselle est pourtant bien gentille.

MADAME BOLIVON.

Elle a très bon cœur. Cela je ne peux pas le nier.

MADAME CHAMPAGNOL.

C'est comme ma nièce. Ça ne fait rien, ça donne bien du tintouin, des grandes filles comme ça.

MADAME BOLIVON.

A qui le dites-vous ?

MADAME CHAMPAGNOL.

C'est le diable pour leur trouver une situation, au jour d'aujourd'hui. Un homme sérieux, ça ne se rencontre pas sous le pied d'un cheval.

MADAME BOLIVON.

Et encore, quand on a affaire à une petite personne difficile et chipotière comme l'est ma fille. Ce qu'elle en a refusé des partis avantageux, ce qu'elle en a refusé. Ah! si j'avais fait des manières comme elle, moi! Quand je pense que feu mon mari avait un œil de verre, et que je ne m'en suis aperçue que le lendemain de nos noces!

MADAME CHAMPAGNOL.

Ce n'est pourtant pas que Louisette soit si regardante; et nous ne trouvons rien. Figurez-vous, madame, que depuis huit jours que nous sommes ici, on ne lui a pas encore fait une seule proposition sérieuse. Je ne parle pas des petits gommeux, des farceurs, que j'ai rembarrés de la belle façon.

MADAME BOLIVON.

J'espère que Suzanne va se décider cette fois. Il y a un monsieur qui s'est presque engagé.

MADAME CHAMPAGNOL.

Ah! ah! une bonne affaire.

MADAME BOLIVON.

J'espère que Suzanne sera heureuse.

MADAME CHAMPAGNOL.

Vous avez de la chance. Parce que je commence à croire que nous, nous ferons chou-blanc ici.

MADAME BOLIVON.

Votre nièce est pourtant charmante!

MADAME CHAMPAGNOL.

N'est-ce pas, sans vous commander. On n'en ren-

contre pas des mille et des cents des filles de cette
trempe-là. A quoi donc pensent les gens sur cette
plage? Et si vous voyiez, ma chère, le joli corps de
femme.... !

MADAME BOLIVON.

Ma fille est très bien faite également.

MADAME CHAMPAGNOL.

Elle est toute jeune, cette enfant... elle débute à
peine, et pas un amateur... Franchement c'est à croire
qu'il n'y a plus de bon Dieu au ciel!...

MADAME BOLIVON.

Ne vous désespérez pas comme cela, chère madame;
comme vous le disiez vous-même, votre nièce est encore très jeune... elle a le temps d'attendre...

MADAME CHAMPAGNOL.

Vous en parlez à votre aise, vous, maintenant que
l'affaire est dans le sac pour votre fille... Enfin, je
ne vous en veux pas... Chacun pour soi, n'est-ce pas,
sur terre. On peut se faire la concurrence sans se
manger le nez pour cela... Et quelle espèce de
monsieur avez-vous trouvée ?

MADAME BOLIVON.

Un monsieur fort bien...

MADAME CHAMPAGNOL.

Un vieux ?

MADAME BOLIVON.

Oh ! non, une trentaine d'années, tout au plus.

MADAME CHAMPAGNOL.

Tant pis !... avec les vieux, c'est plus sûr.

MADAME BOLIVON.

Je n'aurais jamais voulu d'un vieillard pour Suzanne.

MADAME CHAMPAGNOL.

Ah ! si c'est votre goût, ça vous regarde, mais,

moi, j'ai toujours conseillé à Louisette, les vieux...
les tout jeunes encore... mais c'est bien rare qu'on
n'ait pas des ennuis avec les familles.

MADAME BOLIVON.

Evidemment, un trop jeune homme aussi... Enfin,
je serai bien contente si ça réussit avec ce monsieur,
parce que, franchement, pour une mère, le métier
que je fais depuis près d'un an est bien fatigant. Et
puis je commence à en avoir presque honte : avoir
toujours l'air de jeter sa fille à la tête du premier
venu.

MADAME CHAMPAGNOL.

Quand on sait choisir son monde, ça n'a rien de
déshonorant.

MADAME BOLIVON.

Je vous assure, chère madame, que je n'en peux
plus.

MADAME CHAMPAGNOL, à part.

Pauvre femme ! Elle n'a pas l'air bien dégourdi !...
(Haut.) Evidemment, ce n'est pas tous les jours amusant, ce que nous faisons-là. Mais quand on n'a pas
de rentes ?...

MADAME BOLIVON.

Oh ! ce n'est pas la question d'argent. Dieu merci !

MADAME CHAMPAGNOL, étonnée.

Comment ça n'est pas la question d'argent ? Mais
alors... vous êtes riches, vous ?

MADAME BOLIVON.

J'ai une certaine fortune, oui.

MADAME CHAMPAGNOL, interloquée.

Bon Dieu ! qu'est-ce qui vous a pris alors ?

MADAME BOLIVON.

Mais, c'est tout naturel.

MADAME CHAMPAGNOL.

Comment, c'est tout naturel? (A part.) Qu'est-ce
que c'est que cette femme-là? (Haut.) Ah! bien, si celles
qui ont de l'argent s'en mêlent maintenant...

MADAME BOLIVON.

Il faut bien marier sa fille, quand elle est en âge.

MADAME CHAMPAGNOL.

Marier!... Vous avez dit marier!

MADAME BOLIVON.

Certainement! (A part.) Qu'est-ce qu'elle a?

MADAME CHAMPAGNOL, à part.

Ah! Elle cherche un mari... C'était donc ça!...

MADAME BOLIVON.

Et j'ai une fille qui est joliment difficile à marier...

MADAME CHAMPAGNOL, à part.

Ah! j'y suis, j'y suis!... (Haut.) Je vous demande
pardon... Je comprends la chose... Vous avez une
demoiselle qui a eu un malheur.

MADAME BOLIVON.

Comment, un malheur?

MADAME CHAMPAGNOL.

Qui a fauté quoi!... avec le neveu de la blanchisseuse par exemple, comme moi, autrefois.

MADAME BOLIVON.

Mais jamais de la vie! Quelle horreur! ni le neveu de la blanchisseuse, ni personne...

MADAME CHAMPAGNOL.

Comment jamais, jamais rien?

MADAME BOLIVON.

Mais pas du tout.

MADAME CHAMPAGNOL.

Je n'y suis plus alors.

9.

MADAME BOLIVON, à part.

Mais qu'est-ce qu'elle a? Je crois qu'elle est un peu toquée.

Georges vient d'entrer, de droite.

SCÈNE XI

Les Mêmes, GEORGES, SUZANNE, LOUISETTE.

GEORGES, à part.

Comment! mais c'est la tante de Louisette qui cause avec madame Bolivon. Ah! c'est étrange.

MADAME CHAMPAGNOL.

Voilà nos petites qui reviennent.

Louisette et Suzanne entrent, de gauche.

GEORGES, à part.

Louisette, avec la jeune personne !

SUZANNE.

Maman, nous avons gagné deux fois chacune.

MADAME BOLIVON.

C'est très bien.

GEORGES, à part.

Mais comment se fait-il? Ces dames ne se doutent certainement pas... Je ne peux pas les laisser... Madame...

Il s'approche de madame Bolivon.

MADAME BOLIVON.

Monsieur ?...

GEORGES, la prenant à l'écart.

Madame, je vous en prie... un mot... Vous ne savez sans doute pas avec qui vous étiez en conversation ?

MADAME BOLIVON.

Avec madame de la Taraudière, une dame qui habite le même hôtel que moi.

GEORGES.

C'est une concierge des Batignolles.

MADAME BOLIVON.

Oh ! mon Dieu !

GEORGES.

Et sa nièce est une simple cocotte.

MADAME BOLIVON.

Oh ! et moi qui... et Suzanne qui... Suzanne mon enfant, viens ici...

SUZANNE, accourant.

Qu'est-ce qu'il y a, maman ?

MADAME BOLIVON.

Ma pauvre petite, viens par ici, viens.
    Elle s'éloigne le plus possible de Louisette et de madame Champagnol.

LOUISETTE.

Bonjour, Georges...

GEORGES.

Chut !

MADAME CHAMPAGNOL, s'approchant.

Chère madame...

MADAME BOLIVON.

Allez-vous en, madame, allez-vous en ! C'est indigne d'avoir abusé de ce que je ne vous connaissais pas...

MADAME CHAMPAGNOL.

De quoi ! de quoi !

LOUISETTE.

Tu vois, ma tante... c'est bien fait... Je te l'avais dit que c'étaient des femmes honnêtes...

SUZANNE, à sa mère.

Mais qu'y-a-t-il donc?

MADAME BOLIVON.

Cette jeune fille, c'est... c'est... c'est une cocotte...

SUZANNE, riant.

Un cocotte! ah! c'est drôle!...

MADAME BOLIVON, à Georges.

Monsieur, je vous remercie bien. (A madame Champagnol.) J'espère que vous, madame, et mademoiselle vous nous ferez la grâce de ne plus nous reconnaître dorénavant...

MADAME CHAMPAGNOL.

Eh bien, après! Des manières! Est-ce qu'on ne vous vaut pas? Est-ce que ma nièce ne vaut pas votre fille? De quoi?... Toutes les femmes ne sont donc plus faites pareilles maintenant?

MADAME BOLIVON.

Monsieur, je vous en prie, débarrassez-nous de ces femmes-là.

GEORGES, bas.

Louisette, il y a un bracelet, pour toi, un joli bracelet, si tu pars aujourd'hui même.

LOUISETTE, bas.

Mon cher, je n'ai pas besoin de ton bracelet. (Haut.) Madame et mademoiselle, je vous fais toutes mes excuses. Je ne suis qu'une cocotte, c'est vrai, mais je sais me tenir. Et si vous m'aviez prévenue que vous étiez des femmes du monde, tout ça ne serait pas arrivé.

MADAME CHAMPAGNOL.

Ça court les dots sur les plages et ça fait sa sucrée.

LOUISETTE.

Toi, ma tante, tu vas te taire ou je te flanque à la porte. Hein ! c'est compris ! allons, file. Madame et la société.

Elle sort avec sa tante, par le fond.

SCÈNE XII

MADAME BOLIVON, SUZANNE, GEORGES
puis DUGONET.

MADAME BOLIVON, tombant sur un fauteuil.

C'est épouvantable, ma pauvre petite !

SUZANNE.

Mais ça n'a rien d'épouvantable.

MADAME BOLIYON.

Quand je pense que je t'ai laissée en compagnie de cette malheureuse ! Elle a dû t'apprendre de vilaines choses...

SUZANNE.

Mais rien du tout. Ah bien ! si tu crois...

MADAME BOLIVON.

Ça ne fait rien, à l'hôtel, au casino, sur la plage, on nous a vues avec ces femmes-là ! Qu'est-ce qu'on va penser de nous ?

SUZANNE.

Ça, c'est le chiendent.

MADAME BOLIVON.

Et ma fille qui allait se marier... après un tel scandale !

GEORGES.

Mademoiselle était décidée à se marier ?

SUZANNE.

Oui...

GEORGES.

Et avec qui ?

MADAME BOLIVON.

Avec... avec... je ne sais plus qui maintenant...
j'ai la tête à l'envers. (A Dugonet qui entre, de gauche.) Ah !
monsieur Dugonet, mon cher monsieur Dugonet !

DUGONET, une brioche à la main.

Qu'y a-t-il ?

MADAME BOLIVON.

Cette dame, avec une jeune fille, à l'hôtel.

DUGONET.

Les Anglaises ?...

MADAME BOLIVON.

Mais non, la grosse dame et la blonde...

DUGONET.

Ah ! celle qui boite !

MADAME BOLIVON.

Mais non, vous savez bien qui je veux dire.

SUZANNE.

Les dames de la Taraudière ; une dame assez commune, et puis une jeune fille, très jolie, les yeux bais-
sés...

DUGONET.

J'y suis...

MADAME BOLIVON.

C'est une cocotte et une concierge.

DUGONET.

Ah ! que voulez-vous que ça me fasse ?

MADAME BOLIVON.

Mais, mon cher monsieur, voilà Suzanne compromise. On nous a vues partout avec ces femmes-là... Et son mariage! Personne ne voudra plus l'épouser maintenant.

DUGONET.

Aïe!

GEORGES.

Comment, personne? S'il n'en restait pas d'autres, moi je vous garantis bien que...

MADAME BOLIVON.

Vous épouseriez ma fille?

GEORGES.

Mais, séance tenante.

MADAME BOLIVON.

Mais vous êtes marié.

GEORGES.

Moi! Jamais de la vie!

MADAME BOLIVON.

Vous ne deviez pas vous marier?

GEORGES.

Non, c'est une histoire.

SUZANNE, ravie.

Maman! maman! il n'est pas marié!

MADAME BOLIVON.

Ma pauvre petite!

SUZANNE, à Georges.

Ah! Monsieur, je veux bien, je veux bien... De grand cœur!

MADAME BOLIVON.

Attends au moins que monsieur te le demande.

SUZANNE.

Il vient de le dire tout à l'heure.

DUGONET.

C'est vrai.

GEORGES.

Madame, je vous demande la main de mademoiselle
votre fille.

MADAME BOLIVON.

Je vous la donne, monsieur, avec le plus grand plaisir.

SUZANNE.

Ah !

Georges lui baise la main. Lucien entre de droite.

MADAME BOLIVON.

Suzanne, voici l'autre. Comment allons-nous faire ?

GEORGES.

Ne dites rien. Ne faisons semblant de rien.

SCÈNE XIII

Les Mêmes, LUCIEN.

LUCIEN.

Chère madame, je suis enchanté de vous rencontrer,
car je vous ai quittée tout à l'heure sur une conversation qui est demeurée un peu ambiguë. Et je ne
veux pas qu'il y ait de doute dans votre esprit sur
la nature de mes intentions. Je profite de la solennité
de la réunion de monsieur Dugonet et de mon ami
Georges pour vous demander officiellement la main
de mademoiselle votre fille.

MADAME BOLIVON.

Monsieur, c'est que... (A Dugonet.) Que faut-il faire?

GEORGES, bas.

Répondez oui. J'arrangerai tout.

MADAME BOLIVON.

Mais...

SUZANNE.

Réponds oui, puisqu'on te le dit.

MADAME BOLIVON.

Monsieur, j'accepte. Tu acceptes, Suzanne?

SUZANNE.

Oui, maman.

LUCIEN.

Ah! mademoiselle!

Il lui baise la main.

SUZANNE, à Georges.

Mais alors...

GEORGES, lui baisant à son tour la main.

Laissez-moi faire.

DUGONET.

Chère madame... Voici l'heure du déjeuner. Je vous conseillerai de ne pas tarder davantage, car j'ai commandé des petits pâtés de crevettes pour onze heures et demie précises, et il importe de les manger aussitôt qu'ils arrivent.

MADAME BOLIVON.

Messieurs, à l'avantage. (Prenant le bras de Dugonet.) Nous en voici deux maintenant.

DUGONET.

Laissez faire....

GEORGES et LUCIEN, saluant.

Madame... Mademoiselle...

Bolivon, madame Dugonet et Suzanne sortent par la droite.

SCÈNE XIV

GEORGES, LUCIEN.

GEORGES.

Tu es donc décidé à te marier ?

LUCIEN.

Dame. Après la demande à laquelle tu viens d'assister. D'ailleurs j'épouse une jeune fille ravissante.

GEORGES, à part.

Sapristi, oui, elle est ravissante. (Haut.) Tu as l'air d'avoir pris bien vite une décision aussi importante.

LUCIEN.

Ce sont tes conseils de tout à l'heure qui ont dicté ma résolution.

GEORGES.

Mes conseils... à moi...

LUCIEN.

Ne m'as-tu pas dit que je ferais bien d'épouser cette jeune fille ?

GEORGES.

Mais tu deviens fou !

LUCIEN.

Comment ! quand je t'ai parlé de mes velléités de mariage, ne m'as-tu pas encouragé ?

GEORGES.

Ah ! tout à l'heure, oui (Feignant l'étonnement.) Tu parlais donc sérieusement ?

LUCIEN.

Très sérieusement !

GEORGES.

Et tu ne t'es pas aperçu que je plaisantais?

LUCIEN.

Tu plaisantais?

GEORGES.

Certainement. Je te voyais t'emballer sur cette petite et... Oh! laisse-moi rire un peu. Comment, tu as cru que moi, sain de corps et d'esprit, j'allais t'engager à te marier avec cette jeune personne-là précisément... Ah! elle est bonne! Vrai de vrai, elle est bonne!

LUCIEN.

Mais pardon, je n'y comprends plus rien. Tu plaisantais, dis-tu, tout à l'heure. Et maintenant alors, tu parles sérieusement?

GEORGES.

Maintenant, je parle sérieusement; et si tu veux m'en croire, tu ne feras pas la sottise de te marier.

LUCIEN.

Pas si sottise que ça.

GEORGES.

Quoi! tu consens à enchaîner ta liberté?

LUCIEN.

Ma liberté! Avec ça qu'on en a davantage de liberté dans les unions irrégulières.

GEORGES.

Te réduire au pot-au-feu conjugal!

LUCIEN.

Le pot-au-feu conjugal! Avoue qu'il sera assez relevé, ce pot-au-feu-là. J'épouse une jeune fille qui a du montant, j'imagine.

GEORGES.

D'abord, mais toujours, toujours la même espèce

de montant pour un gaillard comme toi, un coureur, qui raffole du changement.

LUCIEN.

J'en suis revenu du changement. Au fond toutes les femmes se ressemblent, au point de vue spécial où tu te places.

GEORGES.

Eh pardieu! c'est bien pour ça qu'on a toujours envie de changer.

LUCIEN.

Je suis sûr qu'avec cette petite femme-là, je n'aurai pas envie de changer, de si tôt.

GEORGES.

Mon pauvre Lucien!... si jamais je me serais douté que toi, tu allais t'empêtrer d'une femme et de marmots.

LUCIEN.

De marmots! Où prends-tu les marmots?...

GEORGES.

Eh bien! tu auras des enfants, j'imagine...

LUCIEN.

Pas tout de suite. Je ne veux pas d'enfants tout de suite. Je suis trop jeune encore pour avoir des enfants.

GEORGES.

Oui, mais si ta femme tient absolument à en avoir, elle... tu ne pourras pas l'en empêcher, n'est-ce pas?

LUCIEN.

C'est ce que nous verrons.

GEORGES.

Le premier, nous le mettrons à l'Ecole Polytechnique, hein?

LUCIEN.

Tu m'ennuies !

GEORGES.

Les deux suivants, ça dépendra, si ce sont des filles ou des garçons.

LUCIEN.

Je te répète que tu m'ennuies. Je n'aurai jamais d'enfants, là !

GEORGES, narquois.

C'est ce que nous verrons.

LUCIEN.

J'ai assez de la vie de garçon : je crois que le mariage est beaucoup plus amusant, je me marie. Je ne vois pas ce que cela a de si extraordinaire et je ne comprends pas ce que tu y trouves à redire.

GEORGES.

Mon pauvre Lucien !

LUCIEN.

Je sais ce que c'est que d'avoir des maîtresses. J'en ai plein le dos. Je veux une femme à moi, maintenant.

GEORGES.

Mon pauvre Lucien !

LUCIEN.

Qu'est-ce que tu as à m'appeler : « ton pauvre Lucien ? » Tu es agaçant !

GEORGES.

Mais, malheureux, tu te plains de tes maîtresses, que diras-tu de ta femme légitime ? Les premières t'ont causé des ennuis ; mais songes-tu aux supplices que te fera endurer la dernière ?

LUCIEN.

Il n'y a pas de raison pour que je sois malheureux en ménage.

GEORGES.

Mais, mon pauvre ami, tu as connu les fâcheux accompagnements du commerce des divers genres de femme. Tu sais ce que c'est que la tante d'une cocotte ?

LUCIEN.

Oui.

GEORGES.

Le mari d'une femme du monde.

LUCIEN.

Oh! oui.

GEORGES, avec éclat.

Qu'est-ce que tu diras donc d'une belle-mère ?

LUCIEN.

Aïe! Je n'y avais pas pensé.

GEORGES.

Maintenant... et ta peinture ?

LUCIEN, ébranlé.

Ma peinture ?

GEORGES.

Je ne suppose pas que tu continueras à faire de la peinture une fois marié.

LUCIEN.

Pourquoi pas ?

GEORGES.

Cite-moi un artiste marié ?

LUCIEN.

Mais dix, vingt...

GEORGES.

Parmi les poncifs; mais dans les artistes sincères,
dans les vrais, dans ceux de ta nature...

LUCIEN.

Tu as raison.

GEORGES.

Ton sort est entre tes mains : le mariage c'est l'a-
néantissement de ta liberté, la suppression radicale
de ton talent, des marmots à la clé, et l'irrémédiable
— tu sais quoi — planant sur le tout... Va, mon petit, et amuse-toi bien.

LUCIEN.

Georges !

GEORGES.

Mon ami?

LUCIEN.

Je crois que je ferais mieux décidément de ne pas
me marier.

GEORGES.

Certes.

LUCIEN.

Mais comment m'y prendre, après cette démarche
officielle ?

GEORGES.

Veux-tu que je m'en charge?

LUCIEN.

Il y a là un cas de conscience. Cette jeune fille qui
désirait tant se marier, je la laisse en plan. Non, ce
ne serait pas d'un galant homme. Je ne peux pas,
tant pis !

GEORGES.

Ce n'est que ça qui te retient?

LUCIEN.

Evidemment. Au fond, je n'avais pas si envie que ça de me marier; mais il le faut maintenant.

GEORGES.

Eh bien, tranquillise-toi, car cette jeune fille trouvera, a trouvé même, déjà, un autre mari.

LUCIEN.

Un autre mari? Qui ça donc?

GEORGES.

Moi. Je l'épouse.

LUCIEN.

Toi! Après tout ce que tu viens de me dire...

GEORGES.

Naturellement. Moi, je ne suis pas un artiste comme toi, un tempérament d'élite.

LUCIEN.

Oh !

GEORGES.

Si, si... Tu es une nature fine, aiguisée, supérieure vingt fois à ma nature bourgeoise. Tout ce qui dans le mariage constituait défaut, obstacle à ton égard, devient pour moi raison concluante... A un avoué, il faut une femme; à un artiste, il faut toutes les femmes.

LUCIEN.

Toutes !

GEORGES.

Certainement. Tu les mérites. J'épouse la jeune fille et je te laisse toutes les autres jolies femmes de la création. Tu vois que tu as encore la plus belle part.

LUCIEN.

Tu viens de me mettre dedans, tout simplement.

GEORGES.

Oh! Lucien, je ne m'attendais pas à ce qu'un ami comme toi...

LUCIEN, lui tendant la main.

Pardon.

GEORGES.

Sans rancune.

LUCIEN.

Enfin, tu me laisses toutes les jolies femmes de la terre, c'est très généreux de ta part. Tu serais bien aimable de m'en faire parvenir une, pour commencer.

GEORGES.

Eh bien, n'as-tu pas Léontine ? C'est une jolie femme, il me semble. Vous n'avez pas rompu ?

LUCIEN.

Léontine ! Elle a du bon certainement... et maintenant que je suis éloigné d'elle... Mais précisément, elle n'est pas ici et j'aurais envie de me distraire tout de suite.

GEORGES.

Alors Louisette...

LUCIEN.

Louisette ! Elle était diantrement appétissante en faisant sa demoiselle. Mais je ne sais pas... cette idée de l'homme tatoué...

GEORGES.

L'homme tatoué... Je comprends que cette idée-là m'arrête... Mais pour toi qui fais de la peinture...

LUCIEN.

Farceur !

GEORGES.

Va donc renouer avec Louisette.

10

LUCIEN.

Ma foi, j'y vais... parce qu'étant donné que je ne me marie plus, j'ai une fringale de m'amuser qui me reprend.

GEORGES.

Va, mon bon. Tu connais son hôtel ?

LUCIEN.

Oui.

GEORGES.

Et moi, j'arrangerai tout cela avec la jeune fille.

LUCIEN.

C'est convenu... Ecoute, je ne t'en veux pas, mais si jamais tu es...

GEORGES.

Oui. Eh bien ?

LUCIEN.

Je ne réponds pas que ce ne sera pas de ma faute. Tu ne l'auras pas volé...

GEORGES, riant.

On verra ça, on verra ça.

Lucien sort par la droite.

SCÈNE XV

GEORGES seul, puis FRONDEVAL et LÉONTINE.

GEORGES, seul.

Ah! voilà une bonne affaire de faite pour tout le monde! J'épouse une jeune fille qui est absolument mon type; et, avec Lucien ça n'aurait pas marché du tout. (Les Frondeval entrent, du fond. — A part.) Tiens, les Frondeval...

FRONDEVAL.

Ah! mon cher ami, vous ici!

GEORGES.

Comme vous voyez... (Saluant.) Madame...

LÉONTINE.

Monsieur...

FRONDEVAL.

Vous êtes joliment cérémonieux, tous deux. Ah! bien si nous nous attendions à vous trouver ici... au fait... et votre mariage?

GEORGES, à part.

Ils savent déjà! (Haut.) Mais il va très bien mon mariage.

LÉONTINE.

J'espère que vous nous ferez connaître votre fiancée.

GEORGES.

Certainement. Avec le plus grand plaisir.

FRONDEVAL.

Savez-vous ce qui nous a donné l'idée de venir ici?

GEORGES.

Non. Je serais enchanté même de le savoir.

FRONDEVAL.

C'est que Lucien y était, et que Lucien maintenant, ma femme et moi, nous ne pouvons plus nous passer de lui, (Bas.) surtout moi. Je vous dirai pourquoi.

GEORGES, à part.

Il n'a pas changé. (Haut.) Eh bien! Lucien va être joliment content. Il me parlait de vous encore tout à l'heure. (A part.) Bonne affaire! Léontine n'est pas de trop... Si ça ne bichait pas avec Louisette...

FRONDEVAL.

Où est-il ce Lucien? Dans un petit coin à flirter, le polisson, je parie...

LÉONTINE.

C'est probable!

GEORGES, à part.

Hé! attention! (Haut.) Non, non, pas du tout au contraire. Je ne sais pas ce qu'il a depuis quelque temps; mais il est sage comme une image.

LÉONTINE.

Ah!

FRONDEVAL à sa femme.

Elle est bien bonne!

GEORGES.

Je suis sûr qu'en ce moment même il erre mélancoliquement le long de la plage, en inscrivant sur l'écorce des cabines de bain un nom qui nous est cher à tous.

FRONDEVAL.

Quel nom?

GEORGES.

Je ne sais pas.

FRONDEVAL, bas.

Dites donc, il y a de jolies femmes dans le pays, hé!

GEORGES.

Mais il y a la vôtre d'abord!

FRONDEVAL, bas.

Est-il bête! (Haut.) Est-ce que vous êtes au même hôtel que Lucien?

GEORGES.

Oui.

FRONDEVAL.

Eh bien, nous serons voisins.

GEORGES.

Ah ! vous êtes descendus à l'hôtel de l'Europe ?

FRONDEVAL.

Oui. Nous nous sommes fait indiquer l'appartement de Lucien, et nous avons eu la chance de trouver pour nous presque porte à porte. Ce sera très commode, n'est-ce pas, Léontine ?

LÉONTINE.

Oui, mon ami.

GEORGES, apercevant madame Bolivon, Suzanne et Dugonet qui entrent, de droite.

Ah ! voici précisément ma fiancée et sa mère.

SCÈNE XVI

LES MÊMES, MADAME BOLIVON, SUZANNE, DUGONET.

FRONDEVAL, à sa femme.

Ah ! ah ! ce sont ces dames qui... je comprends... Elles venaient aux renseignements.

GEORGES, présentant.

Madame Frondeval, — M. Frondeval ; Madame Bolivon, Mademoiselle Bolivon, — M. Dugonet.

Saluts.

FRONDEVAL.

Nous avons déjà eu le plaisir de rencontrer ces dames à Paris.

MADAME BOLIVON.

Oui, oui. (A part.) Je ne me rappelle plus où... (A Georges.) Eh ! bien, c'est arrangé avec votre ami ?

10.

GEORGES.

Tout est arrangé...

MADAME BOLIVON.

C'est vous qui épousez, décidément ?

GEORGES.

C'est moi.

SUZANNE.

Quel bonheur !

MADAME BOLIVON.

Ah ! mon gendre, permettez.

Elle l'embrasse.

GEORGES.

Avec plaisir.

DUGONET, embrassant Suzanne.

Ah ! ma chère enfant, vous ne vous imaginez pas comme je suis content que tout ça soit fini.

MADAME BOLIVON.

Mon Dieu ! maintenant que voici Suzanne mariée, qu'est-ce que je vais devenir toute seule ?

SUZANNE.

C'est vrai... Monsieur Dugonet.

DUGONET.

Mademoiselle ?

SUZANNE.

Vous devriez épouser maman...

DUGONET.

Moi ?

MADAME BOLIVON.

Suzanne !...

DUGONET.

Après tout... pourquoi pas ?

SUZANNE.

Ah ! c'est gentil !

Nouvelles embrassades. — Lucien entre, du fond.

SCÈNE XVII

Les Mêmes, LUCIEN.

LUCIEN, à Georges.

Ah ! pas besoin d'explications !

GEORGES.

Pas besoin, tu vois. Eh bien ! à propos, Louisette ?

LUCIEN.

Je l'ai trouvée en train de faire ses malles. Je l'ai
aidée à empaqueter quelques jupons.

GEORGES.

Ceux qu'elle avait sur elle ?

LUCIEN.

Naturellement. Eh bien, te l'avouerai-je, le souvenir de Léontine me faisait trouver Louisette très appétissante; maintenant, c'est Léontine que je préfère.

GEORGES.

Regarde.

LUCIEN, apercevant les Frondeval.

Léontine... madame Frondeval !

FRONDEVAL.

Mon cher ami... Quelle surprise, hein !

LUCIEN.

Excellente !

LÉONTINE, bas.

M'aimez-vous toujours?

LUCIEN.

Plus que jamais. (A Georges.) Elle est très en beauté.

GEORGES, bas.

Mon cher, voilà ta conduite toute tracée : un jour
Léontine, un jour Louisette. Tu as trouvé le secret
du bonheur !

LUCIEN.

Un jour l'une, un jour l'autre ! Eh bien ! et ma
peinture ?

GEORGES.

Le dimanche !

Il remonte avec Suzanne.

FRONDEVAL, venant prendre le bras de Lucien.

Et nous, mon cher, j'espère que nous allons nous
amuser ensemble !

Rideau.

Imprimerie générale de Châtillon-sur-Seine. — M. Pŵris.

Librairie PAUL OLLENDORFF, 28 bis, rue de Richelieu
PARIS

THÉATRE DE CAMPAGNE, recueil de comédies de salon (8 séries ont paru). Chaque série formant 1 vol. grand in-18, est vendue séparément. — Prix 3 50

ANTOINETTE RIGAUD, comédie en trois actes, par Raimond Deslandes (Comédie-Française) . . . . . 2 »

LA PEUR DE L'ÊTRE, comédie en 3 actes par Emile Moreau et Pierre Valdagne (Menus-Plaisirs) in-18. 2 »

LA MARIÉE RÉCALCITRANTE, comédie-bouffe en trois actes, par Léon Gandillot (Déjazet), in-18 . . . 2 »

LES FILS DE JAHEL, drame en cinq actes, en vers, dont un prologue, par Simone Arnaud (Odéon) in-18. 3 50

« ALLÔ! ALLÔ! », comédie en un acte, par Pierre Valdagne (Vaudeville), in-18 . . . . 1 50

LA MAISON DES DEUX BARBEAUX, comédie en 3 actes, par A. Theuriet et H. Lyon (Odéon), in-18 . . . . 2 »

HYPNOTISÉE! comédie en un acte, par E. Grenet-Dancourt, in-18. 1 50

DANS UNE LOGE, comédie en un acte, par Ludovic Denis de Lagarde (Déjazet), in-18. . . . . 1 50

ENTRE AMIS, comédie en un acte, par Ludovic Denis de Lagarde (Gymnase), in-18. . . . . 2 »

LES FEMMES COLLANTES, comédie-bouffe en cinq actes, par Léon Gaudillot (Déjazet), in-18 . . . 2 »

COQUIN DE PRINTEMPS! vaudeville en quatre actes, par Ad. Jaime et G. Duval (Folies-Dramatiques) . . 2 »

LES FIANCÉS DE LOCHES, vaudeville en trois actes, par G. Feydeau et M. Desvallières (Cluny) . . . 2 »

MATAPAN, comédie en 3 actes, en vers, par Emile Moreau, in-18 . . . 2 »

LE BAIN DE LA MARIÉE, comédie-bouffe en un acte par G. Astruc et P. Soulaine (Palais-Royal) in-18 . . 1 50

PRÊTE-MOI TA FEMME, comédie en deux actes, en prose, par Maurice Desvallières (Palais-Royal), in-18 . . . . 1 50

LE PRÉTEXTE, comédie en un acte, en prose, par Jules Legoux (Vaudeville), in-18 . . . . 1 50

LA COMTESSE SARAH, pièce en cinq actes, par Georges Ohnet (Gymnase), in-18. . . . . 2 »

SERGE PANINE, pièce en cinq actes, par Georges Ohnet (Gymnase), in-18 . . . . 2 »

LE MAITRE DE FORGES, pièce en quatre actes et cinq tableaux, par Georges Ohnet (Gymnase), in-18. 2 »

LA GRANDE MARNIÈRE, drame en huit tableaux, par Georges Ohnet (Porte-Saint-Martin), in-18. . . . 2 »

SMILIS, drame en quatre actes, en prose, par Jean Aicard (Comédie-Française), in-18 . . . . . . 2 »

UN CRANE SOUS UNE TEMPÊTE, saynète par Abraham Dreyfus (Gaîté), in-18 . . . . 1 »

L'ASSASSIN, comédie en un acte, par Edmond About (Gymnase), in-18. 1 50

UNE MATINÉE DE CONTRAT, comédie en un acte, par Maurice Desvallières (Comédie-Française). . . 1 50

L'HÉRITIÈRE, comédie en un acte, en prose, par E. Morand (Comédie-Française), in-18. . . . . . . 1 50

L'AFFAIRE ÉDOUARD, comédie-vaudeville en trois actes, par G. Feydeau et M. Desvallières (Variétés), in-18. 2 »

BIGOUDIS, comédie en un acte d'Ernest d'Hervilly (Gymnase), in-18 . 1 50

LA BONNE AVENTURE, opéra-bouffe en trois actes, par Emile de Najac et Henri Bocage, musique d'Emile Jonas (Renaissance), in-18. . . 1 50

LES CONVICTIONS DE PAPA, comédie en un acte, par E. Gondinet (Palais-Royal et Gymnase), in-18. . 1 50

TROIS FEMMES POUR UN MARI, comédie-bouffe en 3 actes par E. Grenet-Dancourt (Cluny) in-18 . . . . 2 »

POUR DIVORCER, comédie en un acte, par Victor Dubron, in-18 . . 1 50

L'AGNEAU SANS TACHE, comédie en un acte, en prose, par Armand Éphraïm et Adolphe Aderer (Odéon), in-18. . . . . 1 50

LA GIFLE, comédie en un acte, par Abraham Dreyfus (Palais-Royal), in-18 . . . . 1 50

HAMLET, drame en vers, en cinq actes et onze tableaux, d'après William Shakespeare, par MM. Lucien Cressonnois et Ch. Samson (Porte-Saint-Martin), in-18 . . . . 2 »

COMÉDIES EN UN ACTE, par Ernest Legouvé, de l'Académie française, un vol. gr. in-18. — Prix . . 3 50

IMPRIMERIE GÉNÉRALE DE CHATILLON-SUR-SEINE. — M. PÉPIN.